附雙CD

nihongo
e日本語 教育研究所
教育センター

我愛日本語

# 日本語大好き II

e日本語教育研究所　編著

白寄まゆみ　監修

楽しいよ！

Nihongo Daisuki

三民書局

國家圖書館出版品預行編目資料

日本語大好き－我愛日本語II／e日本語教育研
究所編著.－－初版一刷.－－臺北市：三民，
2007
冊；　公分
含索引
ISBN 978–957–14–4836–7　（精裝）
1.日語 2.讀本

803.18　　　　　　　　　　　　96013147

© 日本語大好き－我愛日本語II

| 編 著 者 | e日本語教育研究所 |
| | (白寄まゆみ 監修) |
| 責任編輯 | 李金玲　陳玉英 |
| 插畫設計 | 陳書嫻 (本文)　吳玟青 (會話) |
| 發 行 人 | 劉振強 |
| 發 行 所 | 三民書局股份有限公司 |
| | 地址　臺北市復興北路386號 |
| | 電話　(02)25006600 |
| | 郵撥帳號　0009998–5 |
| 門 市 部 | (復北店) 臺北市復興北路386號 |
| | (重南店) 臺北市重慶南路一段61號 |
| 出版日期 | 初版一刷　2007年8月 |
| 編 號 | S 806791 |
| 基本定價 | 柒元貳角 |

行政院新聞局登記證局版臺業字第○二○○號

有著作權‧不准侵害

ISBN　978–957–14–4836–7　（精裝）

# 前　言

　　e 日本語教育研究所是個「以學習者爲本位的知識協創型組織」，自2002 年 4 月 4 日成立以來，主要從事日語教育研究，並舉辦台灣等亞洲各國短期留學生的外語研修課程。

　　我們的主張 ——「教育絕對不是單向」。不同於一般教材單純只以教師爲出發點，本教材除了日語教育專家之外，並廣邀「有日語學習經驗者」、「目前正在學習日語者」、「有志從事日語教職者」以及「日本大學生」等，共同參與教材開發（意即協力創造，故名協創）。類似此舉將學習一方的「觀點」納入教材製作的做法，相信是以往不曾有的新例。從登場人物的設定，到故事的展開，在在都是以學習者的觀點作爲第一考量。

　　本教材於 2002 年初步完成，之後陸續經過多次修訂，除作爲 e 研內部研修課程使用外，並獲得外界，包含多家日語教育機構、日語教師養成講座等的賞識與使用，得到諸如：「能快樂學習」「終於等到這樣的教材了」等等許多令人欣喜的迴響。

　　此次，這套聆聽「學習者心聲」的創新教材，正式定名爲《日本語大好き(我愛日本語)》，委由三民書局出版。

　　在此謹向參與本教材製作的各方先進、協助出版的三民書局，以及《日本語大好き》的前身《愛ちゃんテキスト》的許多學習者，衷心表達感謝之意。也願我們的社會，能夠成爲本教材所欲傳達的理念，亦即一個充滿 " Love & Peace " 的社會。

全體編著者 謹識

# 凡　例

### ●對象

　　《我愛日本語》全 50 課，共分四冊，完全以初學日語的學習者爲對象所編寫。

### ●目標

　　本教材重視均衡習得「聽、說、讀、寫」四項技能，目標爲培養能聽懂對方話語以及傳達自我想法的運用力與溝通能力，並希冀學習者能從中感受到學習的樂趣。

### ●架構

　　《我愛日本語》除「課本」外，另有「ＣＤ」及「教師用書」。教學時數依學習對象與學習方式有所不同，建議每一課的學習時數以 3 小時爲宜。(全四冊的學習時數共約 150 小時)

### ●內容

1.「課本」

1) 第 13 課到第 24 課
各課單元如下：

① 単語リスト (單字表)
每課列表整理新出單字。爲方便有心報考日語能力測驗的學習者能有效率地記憶單字，特別以顏色區別 3 級(褐色)與 4 級(藍色)單字。

② イントロ (引文)
以中文引導課文中的故事情節，吸引學習者的興趣。

③ 本文 (課文)
全教材貫穿 "Love & Peace" 的主題，隱含對 22 世紀成爲充滿愛與和平的世界的期盼。藉由教科書前所未見的登場人物設定，跟隨主角的各種

生活場景展開故事情節。故事內容涵蓋對未來生活的想像、未來與現代社會的落差、不同文化之間的交流等，能令學習者興致盎然，在閱讀中內化該課習得的句型。

④ **文型** <sub>ぶんけい</sub> (句型)

以 ⬭ 圖框及底線凸顯每課基本句型，將文法結構以視覺方式呈現，下方並有例句或簡短對話提示在實際生活中如何使用。

⑤ **練習** <sub>れんしゅう</sub> (練習)

練習方式多元化，幫助學習者徹底熟悉基本句型。練習時請按照提示，模仿例句學習。

⑥ **話しましょう** <sub>はな</sub> (開口說)

透過對話練習可以了解基本句型在實際場景如何使用、如何發揮談話功能。提供練習的對話雖然簡短，經過改換字彙就成了替代練習，大幅增加開口說話的機會。

⑦ **e 研講座** <sub>けんこうざ</sub> ( e 研講座)

內容為整理該課出現的文法事項，或是提供相關字，以最有利於吸收的方式增加單字量。取材於學習者感興趣的問題，從而增進對日語文相關知識的理解。

⑧ **知恵袋** <sub>ちえぶくろ</sub> (智慧袋)

題材涵蓋不只日語學習，同時希望學習者能深入理解日本、日本人、日本文化、日本的生活、日本的習慣等的小專欄，足見編著者的用心。

## 2) 索引‧補充單字

書後索引按照 50 音排列各課新出字彙、重要語句等，並標明首次出現的課次。至於散見於各課但未列在單字表的補充單字，則依頁次順序另做整理，加上重音及中譯，附於索引之後。

## 2. CD

　　CD錄有各課新出字彙、課文、開口說等單元內容。希望學習者除了留意重音與語調學習發音外，也能夠透過課文等的對話，熟悉自然的日語交談模式，習得聽力與說話的時機。

## 3. 表記注意事項

1) 漢字原則上依據「常用漢字表（じょうようかんじひょう）」。「熟字訓（じゅくじくん）」(由兩個以上漢字組成、唸法特殊的複合字)中若出現「常用漢字表（じょうようかんじひょう）」之「付表(附表)（ふひょう）」列出的漢字者，亦適用之。

2) 原則上依據「常用漢字表（じょうようかんじひょう）」和「付表（ふひょう）」標示漢字與假名讀音，唯考量到學習者的閱讀方便，有時亦不用漢字而僅用假名。

　　例：　ある（有る・在る）　　　きのう（昨日）

# 致學習者的話

本書是專為日語初學者編寫的日語教科書。

書中許多設計，除了是要讓學習者學會如何在各種場合用日語溝通之外，更希望讓學習日語變成一件快樂的事。尤其是本書的最大特點 —— 擁有一般初級日語教科書沒有的「小說情節」。以 " Love & Peace " 為主題的故事，相信能夠吸引學習者在探索兩位主角「愛」與「思比佳」的故事同時，充滿樂趣地一步步靠自己的日語能力解開思比佳的秘密。

從初級教科書中首見的登場人物類型，到小說式的情節、漫畫般的插圖等等，都是希望藉由這些用心，吸引到更多學習者對日語產生興趣，進而繼續深入學習第二冊、第三冊、第四冊。

## ●本書特色

① 清楚標示日語能力測驗之 3 級與 4 級單字。

② 課程網羅日語能力測驗之 3 級與 4 級文法。

③ 本文創新融入帶點推理情節的故事編排。

④ 單元編排兼顧關連性，著重運用能力的養成。

⑤ 豐富多樣的補充字及圖表，幫助延伸學習。

⑥ 非為考試學習日語，為獲得日語能力而學習。

⑦ 可以學到現代日本社會中使用的自然會話。

⑧ 習得的是「實際生活中的日語」，而非「教室中的日語」。

⑨ 創意的學習流程建議

> 以「イントロ」引導學習興趣 → 進行「文型」有系統地學習 → 藉由「練習」深化印象 → 閱讀具有故事性的「本文」感受學習日語的樂趣 → 藉由連結日常場景的「話しましょう」提升溝通能力。
>
> 另外，從「知恵袋」了解日本、日本人及其文化、生活、習慣等，從「e 研講座」深入理解日語的相關知識。

## ●學習方式

① **熟記單字**。學語言的基本就在於背單字。背的時候不要只記單字，不妨連結相關事物的詞彙一起記。例如看到「高<ruby>たか</ruby>い」這個單字時，可以記下如「１０１<ruby>いちまるいち</ruby>ビルは高<ruby>たか</ruby>いです。」的句子，即利用週遭事物與事實造個短句背誦，不僅容易記又能立即運用。

② **充分活用「文型<ruby>ぶんけい</ruby>」**。「文型<ruby>ぶんけい</ruby>(句型)」正如字面所示，是「文<ruby>ぶん</ruby>の型<ruby>かた</ruby>(句子的形態)」，請替換詞語多加練習，例如套用自己常用的詞彙或是感興趣的語句。練習時，不要只想著句型文法是否正確，最好連帶思考該句型是在什麼場合、什麼狀況下使用才適宜。例如在實際生活中，不可能有人拿著一本明眼人都知道是日文的書，口中卻介紹「これは日本語<ruby>にほんご</ruby>の本<ruby>ほん</ruby>です。」(但這卻是課堂上常見的實例)。理由是句子雖然是對的，但是不這麼用。應該是要連同句型使用的時機，在上述例子中為用於介紹陌生的事物，也一併記住才正確。

文型之後，請**挑戰「練習<ruby>れんしゅう</ruby>」**。在「文型」中有系統學習到的語句，可以藉由「練習」連結到日常生活中溝通應用。

③「イントロ」的中文說明是針對課文，幫助學習者更容易了解稍後的閱讀內容，以及引起其興趣。**讀完「イントロ」後再看課文**，學習者可以感受到即使是一大篇日語文章，卻能不費力地「看懂」的喜悅。隨著每一課的閱讀，逐步解開「スピカ」到底是何許人的謎團，期待後續的情節進展。另外，聆聽ＣＤ的課文錄音，除了留意會話的重音、語調學習發音外，也能習慣自然的日語交談模式，學習聽解與說話的時機。強烈建議學習者模仿登場人物的口吻練習說看看。本教材編排著重日本社會中使用的自然會話，不同於以往僅以教室使用的日語作為內容的教科書，所以能讓教室中的所學與實際社會接觸的日語零距離，馬上就可以運用。學了立即練習是上手的關鍵。課文後的Ｑ＆Ａ，不妨先以口頭回答，之後再書寫答案。

④ 進行「話<ruby>はな</ruby>しましょう」。先分配Ａ與Ｂ等角色，數個人一起練習。第一遍**邊聽ＣＤ邊開口大聲說**，之後再自行練習，如此可以學習自然的發音。應用會話的部分可以自己更改語句，設計對話。不要害怕說錯，想要提高會話能力就要積極開口說，持續不間斷。

⑤「知恵袋」是依據該課出現的內容，就相關的日本、日本人、日本文化、日本的生活、日本的習慣等面向作介紹。了解日本，並用於幫助實際的對話溝通。

⑥「ｅ研講座」是整理與釐清日語學習者腦海中可能出現的問題，同時也提供有心想多學一點的學習者「更進一步」了解的功能。請務必吸收、消化，清楚概念後再進行下一單元。

　　語言只是一種工具。太機械性光背單字、語句毫無意義。有些人會因為太拘泥文法，學了好幾年仍無法使用日語溝通。其實應該這麼想：因為是外國話，說錯是很自然的。不要害怕錯誤，要積極地說。運用力、溝通能力才是語言學習上最重要的東西。此外，認識日本、日本人及其文化、生活、習慣等，日語能力才能夠充分發揮，請不要遺漏「知恵袋」與「ｅ研講座」的說明。

# 目次

▶ ［ いAdj（～X）く ／ なAdj に ］ V ます。

▶ ～が ［ いAdj（～X）く ／ なAdj に ／ N に ］ なります。

▶ ～を ［ いAdj（～X）く ／ なAdj に ／ N に ］ します。

▶ （今）V て形 います。（動作の進行中）

▶ （毎日）V て形 います。（習慣的な行為や所属・職業）

▶ V て形 います。（動作・作用の結果の状態の継続）

▶ ［人］は～を V て形 います。（V＝着脱の動詞）

▶ ～を知っていますか。

　　　　◀ はい、知っています。

　　　　◀ いいえ、知りません。

▶ もう V ましたか。

　　　　◀ はい、もう V ました。

　　　　◀ いいえ、まだ V て形 いません。

▶ まだ V て形 いますか。

　　　　◀ まだ V て形 います。

　　　　◀ もう V て形 いません。

　　▶ まだ ［ いAdj ／ なAdj ］ですか。

　　　　◀ まだ ［ いAdj ／ なAdj ］です。

　　　　◀ もう ［ いAdj（～X）くありません ／ なAdj ではありません ］。

▶ ［ N ／ V ます ］に行きます。（目的）

▶ ［人］は V ます ながら、V ます。

日本語大好き
スタート　　　　→

# 単語

| | | | |
|---|---|---|---|
| かわいい 3 | 可愛的 | おすし 2 | 壽司 |
| 危ない 0,3 | 危險的 | （すし 2,1） | |
| 涼しい 3 | 涼爽的 | フランス料理 5 | 法國料理，法國菜 |
| 多い 1,2 | 多的 | バーゲンセール 5 | 大減價，大拍賣 |
| すてき（な） 0 | 絕佳(的)，棒(的) | ブラウス 2 | 女用襯衫 |
| | ▼ | 値段 0 | 價格，價錢 |
| あまり 0 | (不)太，(不)怎麼 [接否定] | カード 1 | 卡片；卡(信用卡等) |
| 少し 2 | 少許，一點點 | ビデオ 1 | 錄影帶，影片 |
| たいへん 0 | 很，甚，非常 | ホテル 1 | 旅館，大飯店 |
| | ▼ | 教会 0 | 教會，教堂 |
| 出します 3【出す 1】 | 拿出，提出；寄出(信) | 汽車 2,1 | 火車 |
| 動きます 4【動く 2】 | 動，移動 | 英会話 3 | 英語會話 |
| 焼きます 3【焼く 0】 | 燒，焚；烤 | テスト 1 | 測驗，考試 |
| 咲きます 3【咲く 0】 | （花）開 | | |
| ぶつかります 5 | 碰撞 | | |
| 【ぶつかる 0】 | | | |
| 星 0 | 星星 | | |
| 土星 0 | 土星 | | |
| 空気 1 | 空氣 | | |
| 天気 1 | 天氣 | | |
| | ▼ | | |
| 赤ちゃん 1 | 嬰兒，小寶寶 | | |
| 看護師 3 | 護理師，護士 | | |
| 医者 0 | 醫生 | | |

小愛的朋友思比佳是從22世紀來的神祕人物。這天思比佳到小愛家作客，看到小愛小時候的照片，思比佳也拿出自己小時候的照片。22世紀的照片會是什麼樣子呢？

▶ 小愛和思比佳正在看照片。

「これは　愛の　写真ですか。」

「はい、そうです。」

「何歳でしたか。」

「5歳ごろの　写真です。わたしの　隣に　健が　います。」

「かわいいですね。」

「スピカは　どんな　子供でしたか。」

「写真を　見ますか。」

スピカは　カードを　出します。

「これは　22世紀の　写真です。」

「あっ、動きました。すごいですね。」

「この赤ちゃんが　わたしです。
　　次は　10歳の　わたしです。」

「ここは　どこですか。」

「土星です。とても　静かな　星でした。
　　パパが　この写真を　撮りました。」

「何を　しましたか。」

「泳ぎました。」

「土星は　どうでしたか。」

「きれいでした。静かな　星でした。
　でも、空気も　水も　ありませんでした。」

「う～ん、そうですか。
　・・・えっ、これは？」

「コメットが　ぶつかりました。危なかったです。」

「コメット？」

「ママの　車です。」

「？？？」

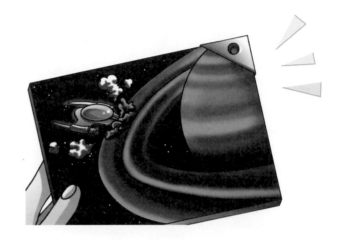

①愛の　写真は　何歳ごろの　写真ですか。

_____

②スピカの　カードは　何ですか。

_____

③22世紀の　写真は　どうでしたか。

_____

④土星は　どうでしたか。

_____

⑤コメットは　何ですか。

_____

### 文型

**13-1**　Ａ：パーティーは　楽<sub>たの</sub>しかったですか。

Ｂ１：はい、楽<sub>たの</sub>しかったです。

Ｂ２：いいえ、楽<sub>たの</sub>しくなかったです。

　　　＝いいえ、楽<sub>たの</sub>しくありませんでした。

きのうは　{ 暑<sub>あつ</sub>かったです。
　　　　　 涼<sub>すず</sub>しかったです。

きのうは　{ 暑<sub>あつ</sub>くなかったです。
　　　　　 涼<sub>すず</sub>しくなかったです。

▶ 汽車<sub>きしゃ</sub>の　旅行<sub>りょこう</sub>は　おもしろかったです。

▶ スカートを　買<sub>か</sub>いました。高<sub>たか</sub>くなかったです。

▶ このケーキは　おいしくなかったです。甘<sub>あま</sub>くありませんでした。

▶ Ａ：きのうは　忙<sub>いそが</sub>しかったですか。

　 Ｂ：はい、とても　忙<sub>いそが</sub>しかったです。

▶ Ａ：天気<sub>てんき</sub>は　よかったですか。

　 Ｂ：いいえ、よくなかったです。

**特殊的い形容詞**

〇 この本<sub>ほん</sub>は　いいです。

✕ この本<sub>ほん</sub>は　~~いかったです。~~

　　　　　　⇒よかったです。

**13-2**　Ａ：ゆうべの　パーティーは　にぎやか<u>でした</u>か。

Ｂ１：はい、にぎやか<u>でした</u>。

Ｂ２：いいえ、にぎやか<u>では　ありませんでした</u>。

　　　　　　（＝<u>じゃ　ありませんでした</u>）

六本木の（ろっぽん ぎ）　町（まち）は　　｛
　にぎやかでした。
　便利（べん り）でした。
　きれいでした。

その町（まち）は　　｛
　にぎやかでは　ありませんでした。
　便利（べん り）では　ありませんでした。
　きれいでは　ありませんでした。

▶ 友達（ともだち）の　お父（とう）さんは　親切（しんせつ）でした。

▶ 公園（こうえん）は　静（しず）かでは　ありませんでした。

▶ Ａ：先週（せんしゅう）　暇（ひま）でしたか。

　Ｂ：いいえ、暇（ひま）では　ありませんでした。

# 肯定形vs否定形　現在vs過去

| | | 肯定形 | | 否定形 | |
| --- | --- | --- | --- | --- | --- |
| | | 現在 | 過去 | 現在 | 過去 |
| い形容詞 | 高い | 高いです | 高かったです | 高くないです | 高くなかったです |
| | かわいい | かわいいです | かわいかったです | かわいくないです | かわいくなかったです |
| | 危ない | 危ないです | 危なかったです | 危なくないです | 危なくなかったです |
| | ★いい | いいです | ~~いかったです~~ よかったです | ~~いくないです~~ よくないです | ~~いくなかったです~~ よくなかったです |
| な形容詞 | 静かな | 静かです | 静かでした | 静かではありません | 静かではありませんでした |
| | きれいな | きれいです | きれいでした | きれいではありません | きれいではありませんでした |
| | 有名な | 有名です | 有名でした | 有名ではありません | 有名ではありませんでした |
| 名詞 | 学校 | 学校です | 学校でした | 学校ではありません | 学校ではありませんでした |
| | 休み | 休みです | 休みでした | 休みではありません | 休みではありませんでした |
| 動詞 | 食べる | 食べます | 食べました | 食べません | 食べませんでした |
| | 飲む | 飲みます | 飲みました | 飲みません | 飲みませんでした |

**13-3**　A：きのうの　おすしは　<u>どうでしたか</u>。
　　　　　B１：おいしかったです。
　　　　　B２：おいしくなかったです。

▶ A：教会は　どうでしたか。
　　B：静かでした。みんな　親切でした。

▶ A：このビデオは　どうでしたか。
　　B：おもしろくなかったです。

▶ A：バーゲンセールは　どうでしたか。
　　B：すてきな　ブラウスが　ありました。
　　A：値段は　どうでしたか。
　　B：安かったです。

**13-4**　A：部屋は　どうですか。
　　　　　B１：<u>とても</u>　静かです。
　　　　　B２：<u>あまり</u>　静かでは　ありません。

▶ A：英会話は　どうですか。
　　B：とても　楽しいです。

▶ A：ケーキを　焼きました。
　　B：どうでしたか。
　　A：少し　甘かったです。

▶ たいへん　きれいな　花が　咲きました。

★ 程度 ★

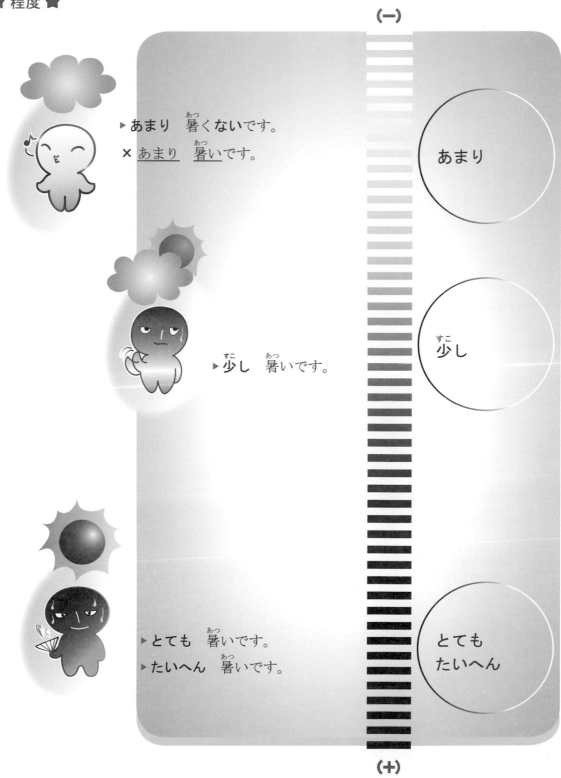

（一）

▶ あまり　暑くないです。
× <u>あまり　暑いです。</u>

あまり

▶ 少し　暑いです。

少し

▶ とても　暑いです。
▶ たいへん　暑いです。

とても
たいへん

（＋）

Ⅰ例）わたし は 愛です。

①あそこ□　小さい　犬□　います。

②おばあちゃん□　アップルパイ□　どうでしたか。

③大きい　かばんも　小さい　かばん□　あります。

④卵□　牛乳□　ください。

⑤A：銀行は　どこ□　ありますか。

　　B：駅□　前です。


Ⅱ例）テレビは　おもしろかったです。

　　　→テレビは　おもしろくなかったです。

①デパートは　にぎやかでした。

　→

②きのうは　涼しかったです。

　→

③この本は　よかったです。

　→


Ⅲ例）テストは　どうでしたか。（簡単な）

　→簡単でした。

①映画は　どうでしたか。（おもしろい）

　→_____

②レストランは　どうでしたか。（おいしい）

　→_____

③旅行は　どうでしたか。（楽しい）

　→_____

IV 例）A：きのうは　暇でしたか。

　　　B：いいえ、<u>暇では　ありませんでした。</u>

①A：きのうの　テストは　難しかったですか。

　B：はい、_____

②A：ゆうべは　寒かったですか。

　B：いいえ、_____

③A：あの公園は　きれいでしたか。

　B：いいえ、_____

④A：この辞書は　便利でしたか。

　B：はい、_____

⑤A：おもしろい　映画を　見ましたか。

　B：いいえ、_____

⑥A：デパートは　休みでしたか。

　B：いいえ、_____

⑦A：山田さんは　優しかったですか。

　B：はい、_____

⑧A：ゆうべ　レポートを　書きましたか。

　B：いいえ、_____

⑨A：チンさんは　元気でしたか。

　B：はい、_____

⑩A：きのうは　木村さんの　誕生日でしたか。

　B：いいえ、_____

 話しましょう

CD A-05,06,07

Ⅰ

A：①北海道は　どうでしたか。

B：②楽しかったです。

A：③天気は　どうでしたか。

B：④寒かったです。

（1）①フランス料理　　②おいしい　　③値段　　④高い

（2）①旅行　　②いい　　③ホテル　　④新しい

（3）①英語の　テスト　②難しい　③フランス語　④易しい

Ⅱ

A：①日本語の　テストは　どうでしたか。

B：②簡単でした。

A：③英語の　テストは　どうでしたか。

B：④簡単では　ありませんでした。

（1）①看護師　　　　　　②親切です

　　　③医者　　　　　　④親切では　ありません

（2）①月曜日の　仕事　②暇です

　　　③日曜日の　仕事　④暇では　ありません

（3）①ホテルの　部屋　②きれいです

　　　③レストラン　　　④きれいでは　ありません

## 応用会話

A：おもしろい 写真ですね。車の 上に 猿が います。

B：先週 撮りました。日光の 写真です。

A：日光は どうでしたか。

B：日光は 古い 町でした。

とても 楽しかったですよ。

A：人が おおぜい いましたか。

B：ええ。車も 多かったですよ。

## 「看護婦」から「看護師」？？

「看護師」是近年來出現的新詞彙，已經取代原本日常生活中經常聽到的「看護婦(女護士)」與「看護士(男護士)」的講法。以前看護病人的人員都是由女性擔任，所以理所當然稱呼為「看護婦」；後來相同的工作因為有了男性加入，才開始有「看護士」的稱呼，以示區別。但近年來為了消彌性別差異，連工作名稱上也順應潮流、漸趨統一，於是出現了「看護師」這個與「教師・醫師」的「師」字相同的職業名。可見語彙是會隨著時代、環境改變的，這也是語言有趣的地方！

| 単語 | | CD A-08 |
|---|---|---|

| | | | |
|---|---|---|---|
| よく₁ | 常常，經常；好好地 | 朝ごはん₃ | 早飯，早餐 |
| いつも₁ | 經常，總是 | お弁当₀ | 便當 |
| たまに₀ | 不常，偶爾 | 宿題₀ | (回家)作業，功課 |
| 時々₀ | 有時 | 野球₀ | 棒球 |
| たいてい₀ | 大抵，大都 | 試合₀ | 比賽 |
| ぜんぜん₀ | [後接否定] 全然（不） | 天気予報₄ | 氣象預報 |
| 今度₁ | 下次；這次 | 日本酒₀ | 日本酒 |
| 一緒／一緒に₀ | 一起，共同 | コンピューター₃ | 電腦 |
| ～だけ | 只有～ | 機械₂ | 機械，機器 |
| ちょっと₁.₀ | 一會兒；一點點 | 心₂.₃ | 心，內心 |
| もちろん₂ | 當然，不用說 | 外国人₄ | 外國人 |
| いろいろ(な)₀ | 各式各樣(的) | 研究者₃ | 研究者，研究員 |

▼

| | | |
|---|---|---|
| 会います₃【会う₁】 | 見面；遇見 |
| 使います₄【使う₀】 | 使用 |
| 誘います₄【誘う₀】 | 邀約，邀請 |
| 走ります₄【走る₂】 | 跑 |
| 遊びます₄【遊ぶ₀】 | 玩，遊戲 |
| 座ります₄【座る₀】 | 坐 |
| 帰ります₄【帰る₁】 | 回家，回去，回來 |
| 遅れます₄【遅れる₀】 | 遲，耽誤；慢，晚 |
| 止めます₃【止める₀】 | 停下；止住 |

▼

| | |
|---|---|
| 毎日₁ | 每日，每天 |
| 毎朝₁.₀ | 每天早晨 |
| お昼₂ | 中午；中餐 |
| 昼寝₀ | 午睡，午覺 |

CD A-09,10

小愛約好這天下午去思比佳家裡找她，由於思比佳還沒回來，所以就和思比佳的媽媽貝嘉聊了起來……

「こんにちは。」

「愛ちゃん。
スピカは　ちょっと　遅れます。
お茶でも　飲みませんか。」

「はい。」

▶ 機器狗奇皮端茶給小愛喝。

「愛ちゃん、どうぞ。」

「いただきます。おいしい　紅茶です。ケーキも　おいしいです。」

「チッピーが　このケーキを　作りました。」

「すごい。」

「チッピーは　よく　ケーキを　作ります。
チッピーは　朝ごはんや　晩ごはんも
作ります。
チッピーの　料理は　おいしいです。
今度　一緒に　食べましょう。」

「いつも　チッピーが　料理を　作りますか。」

「たまに　わたしも　作ります。」

「掃除や　洗濯は？」

「もちろん　チッピーが　します。
わたしは　いつも　買い物だけ　します。
わたしは　研究者です。忙しいです。」

「ベガさんは　毎日（まいにち）　どんな　仕事（しごと）を　しますか。」

「20台（だい）の　コンピューターを　使（つか）います。」

「20台（だい）!!!　うちに　コンピューターは　1台（だい）しか　ありません。」

「わたしは　いろいろな　機械（きかい）を　作（つく）ります。

　　ロボットも　作（つく）りました。

　　そのロボットに　人間（にんげん）の　心（こころ）が　あります。」

「それは　チッピーですか。」

「そうです。チッピーは　わたしたちの　大切（たいせつ）な　家族（かぞく）です。」

ワン！

## Q&A

①だれが　ケーキを　作（つく）りましたか。＿＿＿＿＿＿＿＿＿＿＿＿＿＿

②ベガは　よく　料理（りょうり）を　作（つく）りますか。＿＿＿＿＿＿＿＿＿＿＿＿＿

③ベガは　何（なに）を　作（つく）りますか。＿＿＿＿＿＿＿＿＿＿＿＿＿＿＿＿＿

④チッピーは　だれの　家族（かぞく）ですか。＿＿＿＿＿＿＿＿＿＿＿＿＿＿＿

⑤愛（あい）の　家（いえ）に　コンピューターは　何台（なんだい）　ありますか。

＿＿＿＿＿＿＿＿＿＿＿＿＿＿＿＿＿＿＿＿＿＿＿＿＿＿＿＿＿＿＿＿＿＿

第 14 課

## 文型

**14-1**　A：**よく**　映画（えいが）を　見（み）ますか。

　　　　B１：はい、**よく**　見（み）ます。

　　　　B２：いいえ、**あまり**　見（み）ません。

いつも
たいてい
よく
時々（ときどき）
たまに
｝　飲（の）みます。　　　　あまり
　　　　　　　　　　　　　ぜんぜん　｝　飲（の）みません。

▶ 鈴木（すずき）さんは　いつも　天気予報（てんきよほう）を　見（み）ます。

▶ わたしは　たいてい　朝（あさ）ごはんを　食（た）べます。

▶ 佐藤（さとう）さんは　よく　散歩（さんぽ）します。

▶ 恵美（えみ）ちゃんは　時々（ときどき）　昼寝（ひるね）を　します。

▶ わたしは　あまり　旅行（りょこう）は　しません。

▶ 弟（おとうと）は　ぜんぜん　勉強（べんきょう）しません。

★ 頻度（ひんど）(頻率) ★

0 ％　　　　　　　　　　　　　　　　　　　　　　　100 ％

ぜんぜん　　あまり　　たまに　　時々（ときどき）　　　　よく　　たいてい　　いつも

17

～は ～ません

# e研講座

A：冷蔵庫の中に　バナナが　ありますか。

B：いいえ、バナナは　ありません。

▶ A：よく　テレビを　見ますか。

B：いいえ、テレビは　あまり　見ません。

　　　（＝あまり　テレビは　見ません。）

▶ A：エマさんは　日本語の　歌を　歌いますか。

B：いいえ、エマさんは　あまり　日本語の　歌は　歌いません。
　　たいてい　英語の　歌を　歌います。

---

## 【否定文と助詞「は」】

いつも　新聞を　読みます。　　　→　あまり　新聞は　読みません。

よく　コーヒーを　飲みます。　　→　あまり　コーヒーは　飲みません。

たまに　テニスを　します。　　　→　テニスは　ぜんぜん　しません。

池に　魚が　います。　　　　　　→　池に　魚は　いません。

教室に　生徒が　います。　　　　→　教室に　生徒は　いません。

机の　上に　写真が　あります。　→　机の　上に　写真は　ありません。

## 14-2 （一緒に）お弁当を　食べましょう。

（一緒に）
$\left\{ \begin{array}{l} \text{走り} \\ \text{泳ぎ} \\ \text{テニスを　し} \end{array} \right\}$
ましょう。

▶ 一緒に　写真を　撮りましょう。

▶ 一緒に　映画を　見ましょう。

▶ お昼です。少し　休みましょう。

▶ あした　一緒に　遊びましょう。

▶ 疲れました。座りましょう。

▶ 花子さんを　誘いましょう。

▶ ここに　車を　止めましょう。

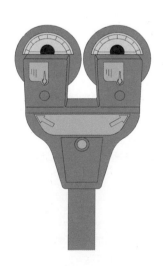

## 14-3

A：お茶を　飲み<u>ませんか</u>。

B：ええ、飲みましょう。

帰り
会い　　　｝ませんか。
映画を　見

▶ A：一緒に　宿題を　しませんか。

B：ええ、しましょう。

▶ A：お酒を　飲みませんか。

B：いいですね。飲みましょう。

▶ A：あした　買い物を　しませんか。

B：あしたは　ちょっと・・・。

▶ A：散歩を　しませんか。

B：すみません。今　ちょっと・・・。

### 「ちょっと」は便利です？？

知恵袋

當有人邀約做某事，詢問「～ませんか」時，若是同意可以回答「はい／ええ、～ましょう」「いいですね。～ましょう」；但若是拒絕千萬別立即說「いいえ」，畢竟人家是好意邀約。日本人通常會委婉拒絕，回答說「(～は)ちょっと…」。「ちょっと…」含有困擾、不行、不方便的意思，所以即使話未說完，對方也能立刻理解「ちょっと」＝「No」。另外，因為要拒絕對方的好意內心因而感到抱歉時，開頭經常會說「すみません」。除了「すみません」，有些日本女性也會習慣說「ごめんなさい」。

いいですね：好呀，可以啊

(～は)ちょっと…：稍微，有些（不方便…）

**14-4** A：お茶でも　飲みませんか。
B：ええ、飲みましょう。

雑誌
果物　　でも
お菓子

読みますか。
食べましょう。
買いませんか。

▶ 今日は　暇です。映画でも　見ます。

▶ A：ビールでも　飲みませんか。
　　B：いいですね。飲みましょう。

▶ A：パンが　たくさん　あります。
　　　サンドイッチでも　作りましょう。
　　B：ええ。

**14-5** わたしは　1000円だけ　あります。
わたしは　1000円しか　ありません。

▶ 　A：この学校に　外国人の　先生は　何人　いますか。
　　B1：1人だけ　います。
　　B2：1人しか　いません。

▶ 旅行の　荷物は　1つしか　ありません。

▶ いつも　肉は　少ししか　食べません。

▶ 母は　牛乳だけ　買いました。

▶ 祖母は　野菜しか　食べません。

# 練習

Ⅰ 例）わたし は　愛です。

①今日　わたしは　朝ごはん □　作りました。

昼ごはん □　作りました。

②A：よく　映画 □　見ますか。

B：いいえ、映画 □　あまり　見ません。

③A：カップ □　いくつ　ありますか。

B：1つ □□　ありません。

④A：何 □　買いましたか。

B：りんご □　1個 □□　買いました。

⑤たいてい　日曜日　家 □　います。

Ⅱ 例）少し（ しか ・ だけ ）勉強しません。

①朝は　コーヒー（ しか ・ だけ ）飲みます。

②ロバートさんは　英語の　本（ しか ・ だけ ）読みません。

③佐藤さん（ しか ・ だけ ）部屋に　いました。

④テレビは　朝（ しか ・ だけ ）見ません。

Ⅲ 例）散歩・します

→ A：散歩でも　しませんか。

B：いいですね。しましょう。

①音楽・聞きます

A：＿＿＿＿＿＿＿＿＿＿＿

B：いいですね。＿＿＿＿＿＿＿＿

②コーヒー・飲みます

A：＿＿＿＿＿＿＿＿＿＿＿

B：いいですね。＿＿＿＿＿＿＿＿

③昼ごはん・食べます

A：＿＿＿＿＿＿＿＿＿＿＿＿＿＿＿＿＿＿＿＿＿＿＿

B：いいですね。＿＿＿＿＿＿＿＿＿＿＿＿＿＿＿＿＿

④テレビ・見ます

A：＿＿＿＿＿＿＿＿＿＿＿＿＿＿＿＿＿＿＿＿＿＿＿

B：いいですね。＿＿＿＿＿＿＿＿＿＿＿＿＿＿＿＿＿

Ⅳ例1）あした　映画を　見ます。（いいですね）

→A：あした　映画を　見ませんか。

B：いいですね。見ましょう。

例2）あした　映画を　見ます。（すみません）

→A：あした　映画を　見ませんか。

B：すみません。あしたは　ちょっと・・・。

①一緒に　帰ります。（ええ）

→A：

B：

②サッカーを　します。（いいですね）

→A：

B：

③一緒に　日本語の　テレビを　見ます。（いいですね）

→A：

B：

④あした　一緒に　買い物を　します。（すみません）

→A：

B：

Ⅴ 例) パソコンを　使いますか。

→ はい、

- いつも　パソコンを　使います。
- よく　パソコンを　使います。
- 時々　パソコンを　使います。
- たまに　パソコンを　使います。

いいえ、

- あまり　パソコンは　使いません。
- パソコンは　ぜんぜん　使いません。

①映画を　見ますか。

→

②コーヒーを　飲みますか。

→

③手紙を　書きますか。

→

④料理を　しますか。

→

⑤お酒を　飲みますか。

→

⑥日本語の　新聞を　読みますか。

→

 話しましょう

CD A-11,12,13

I

A：①<u>おいしい　ワイン</u>が　あります。
　　一緒（いっしょ）に　②<u>飲（の）みません</u>か。

B：いいですね。②<u>飲（の）みましょう</u>。

A：③<u>あしたの　夜（よる）</u>です。大丈夫（だいじょうぶ）ですか。

B：ええ、大丈夫（だいじょうぶ）です。

（1）①野球（やきゅう）の　試合（しあい）　　②見（み）ます　　③あさって
（2）①有名（ゆうめい）な　先生（せんせい）の　授業（じゅぎょう）　②聞（き）きます　③来週（らいしゅう）の　水曜日（すいようび）
（3）①クリスマスパーティー　②プレゼントを　買（か）います
　　③今度（こんど）の　日曜日（にちようび）

あります

1.物（もの）の存在（そんざい）　▶わたしの　部屋（へや）に　パソコンが　あります。
2.所有（しょゆう）　▶父（ちち）は　いい　車（くるま）が　あります。
　　▶祖母（そぼ）は　白髪（しらが）が　あります。
　　▶にんにくは　匂（にお）いが　あります。（大蒜有味道）
　　▶用事（ようじ）／約束（やくそく）／アルバイトが　あります。
3.行（おこな）われる・起（お）こる　▶３時（じ）から　試合（しあい）が　あります。
　（舉行、發生）　▶きのう　地震（じしん）が　ありました。

25

Ⅱ

A：今週の　土曜日は　暇ですか。一緒に　①お菓子でも　②作りませんか。

B：ごめんなさい。土曜日は　いつも　③アルバイトです。

A：そうですか・・・。

（1）①テニス　　　　②します　　　　③英語の　勉強
（2）①昼ごはん　　　②食べます　　　③野球の　練習
（3）①絵　　　　　　②見ます　　　　③仕事

## 応用会話

A：よく　お酒を　飲みますか。

B：ええ、いつも　飲みます。
　　毎日　ビールを　飲みます。
　　たまに　日本酒も　飲みます。
　　チンさんは　どうですか。

A：わたしも　よく　ビールや　ワインを　飲みます。
　　でも、日本酒は　あまり　飲みません。

お酒

ビール

ブランデー

日本酒／清酒

赤ワイン

白ワイン

ウイスキー

カクテル

| | | | | |
|---|---|---|---|---|
| <ruby>歩<rt>ある</rt></ruby>きます4【歩く2】 | 走，步行 | バス1 | 巴士，公共汽車 | |
| <ruby>行<rt>い</rt></ruby>きます3【行く0】 | 去，前往 | <ruby>電車<rt>でんしゃ</rt></ruby>0,1 | 電車 | |
| <ruby>置<rt>お</rt></ruby>きます3【置く0】 | 放置 | <ruby>船<rt>ふね</rt></ruby>1 | 舟，船 | |
| <ruby>乗<rt>の</rt></ruby>ります3【乗る0】 | 搭乗，上(車等) | ボート1 | 小船 | |
| <ruby>探<rt>さが</rt></ruby>します4【探す0】 | 找，尋找 | エスカレーター4 | 電扶梯 | |
| <ruby>指<rt>さ</rt></ruby>します3【指す1】 | 指，指向 | ▼ | | |
| <ruby>飛<rt>と</rt></ruby>びます3【飛ぶ0】 | 飛，飛行 | <ruby>橋<rt>はし</rt></ruby>2 | 橋，橋樑 | |
| <ruby>通<rt>とお</rt></ruby>ります4【通る1】 | 通過，穿過 | <ruby>海岸<rt>かいがん</rt></ruby>0 | 海岸，海濱 | |
| <ruby>泊<rt>と</rt></ruby>まります4【泊まる0】 | 投宿，住下 | <ruby>階段<rt>かいだん</rt></ruby>0 | 階梯，樓梯 | |
| <ruby>登<rt>のぼ</rt></ruby>ります4【登る0】 | 登，上(高處) | <ruby>坂<rt>さか</rt></ruby>2 | 斜坡，坡道 | |
| <ruby>上<rt>あ</rt></ruby>がります4【上がる0】 | 登，爬；上升 | <ruby>道路<rt>どうろ</rt></ruby>1 | 道路，公路 | |
| <ruby>入<rt>はい</rt></ruby>ります4【入る1】 | 進入；加入，參加 | ▼ | | |
| <ruby>渡<rt>わた</rt></ruby>ります4【渡る0】 | 渡過，穿越 | <ruby>花見<rt>はなみ</rt></ruby>3 | 賞(櫻)花 | |
| <ruby>降<rt>お</rt></ruby>ります3【降りる2】 | 下(車等) | <ruby>桜<rt>さくら</rt></ruby>0 | 櫻樹，櫻花 | |
| <ruby>入<rt>い</rt></ruby>れます3【入れる0】 | 放入，裝入 | ポケット2,1 | 口袋 | |
| <ruby>植<rt>う</rt></ruby>えます3【植える0】 | 種，植，栽 | ごみ2 | 垃圾 | |
| <ruby>生<rt>う</rt></ruby>まれます4【生まれる0】 | 出生，誕生 | <ruby>駅前<rt>えきまえ</rt></ruby>3,0 | 車站前 | |
| <ruby>教<rt>おし</rt></ruby>えます4【教える0】 | 教，教導；告訴 | ～<ruby>側<rt>がわ</rt></ruby>0 | ～側，～方向 | |
| <ruby>掛<rt>か</rt></ruby>けます3【掛ける2】 | 掛，懸掛 | イタリア0 | 義大利 | |
| <ruby>乗<rt>の</rt></ruby>り<ruby>換<rt>か</rt></ruby>えます5 | 轉乗，轉搭 | <ruby>外国<rt>がいこく</rt></ruby>0 | 外國 | |
| 【乗り換える4,3】 | | ～<ruby>屋<rt>や</rt></ruby>0 | ～店；賣～的人 | |
| <ruby>捨<rt>す</rt></ruby>てます3【捨てる0】 | 丟棄 | <ruby>八百屋<rt>やおや</rt></ruby>0 | 蔬果店；蔬果商 | |
| <ruby>出<rt>で</rt></ruby>ます2【出る1】 | 離開，出去，出來 | ふろ2／おふろ2 | 浴室；浴池，澡盆 | |
| <ruby>来<rt>き</rt></ruby>ます2【来る1】 | 來 | <ruby>明日<rt>あす</rt></ruby>2 | 明日，明天 | |
| <ruby>出発<rt>しゅっぱつ</rt></ruby>します6【出発する0】 | 出發 | <ruby>名前<rt>なまえ</rt></ruby>0 | 名字，名稱 | |
| <ruby>入学<rt>にゅうがく</rt></ruby>します6【入学する0】 | 入學 | | | |
| <ruby>卒業<rt>そつぎょう</rt></ruby>します6【卒業する0】 | 畢業 | | | |

CD A-15,16

自古以來，賞櫻深受日本人的喜愛。只要一到櫻花季，櫻花的相關報導就成爲熱門新聞，民衆們也紛紛到各個勝地享受賞櫻的樂趣……

▶ 小愛從電視新聞看到上野櫻花盛開的消息。

「スピカ、今日は　いい天気です。
きょう　　　　　　　　てん き
上野へ　行きませんか。」
うえ の　　い

「上野で　何を　しますか。」
うえ の　　なに

「お花見を　します。」
はな み

「いいですね。ママや　コロナも　誘いましょう。
さそ
あっ、チッピーも・・・。」

愛たちは　新宿で　電車に　乗りました。
あい　　　　　しんじゅく　　でんしゃ　　　の
上野で　電車を　降りました。
うえ の　　でんしゃ　　お

上野公園です。桜が　とても　きれいです。
うえ の こうえん　　さくら
人が　おおぜい　います。
ひと
みんなは　公園を　歩きました。
こうえん　　ある

「どこで　お弁当を　食べますか。」
べんとう　　た
「あの桜の　木の　下に　座りましょう。」
さくら　き　　した　　すわ
「ええ、そうしましょう。」

「愛ちゃんの　お弁当は
あい　　　　べんとう
とても　おいしいですね。」
「ありがとう。」

そうしましょう：(同意他人意見)就那麼做吧

「あれは　何ですか。」

コロナは　池を　指しました。

「ボートです。」

「ボートに　乗りましょうか。」

「でも、わたしたちは　4人です。

　　あのボートは　少し　小さいです。」

「愛ちゃん、大丈夫です。チッピー・・・。」

## Q&A

①愛たちは　どこへ　行きましたか。

_____

②愛たちは　どこで　電車に　乗りましたか。

_____

③上野公園に　人が　おおぜい　いましたか。

_____

④公園で　何を　食べましたか。

_____

⑤ボートに　だれが　乗りましたか。

_____

文型

## 15-1 学校で 勉強します。

公園
図書館 } で { 遊びます。
どこ　　　　　本を 探します。
　　　　　　　生まれましたか。

▶ 八百屋で トマトを 買いました。

▶ きのう 喫茶店で コーヒーを 飲みました。

▶ 母は 大学で 日本語を 教えます。

▶ わたしは 台湾で 生まれました。

▶ A：どこで そのかばんを 買いましたか。

　B：イタリアで 買いました。

★ ＿＿お店＿＿ で ＿＿物＿＿ を 買います ★

| 本屋 | 本 |
| 花屋 | バラ |
| 薬屋 | 薬 |
| 肉屋 | 肉 |
| 魚屋 | 魚 |
| 八百屋 | 野菜 |
| ケーキ屋 | ケーキ |
| デパート | 背広 |
| スーパー | 肉と野菜 |
| ・ | ・ |
| ・ | ・ |
| ・ | ・ |

魚 ＋ 🏠 ＝ 魚屋

〜屋

魚＋屋＝魚屋
靴＋屋＝靴屋
本＋屋＝本屋
ケーキ＋屋＝ケーキ屋
野菜＋屋＝×野菜屋
　　　　＝八百屋

**15-2a** 電車に 乗ります。
電車を 降ります。

$$\left.\begin{array}{c} 車 \\ 船 \\ 飛行機 \end{array}\right\} \begin{array}{l} に 乗ります。 \\ を 降ります。 \end{array}$$

▶ 家の 前で 自転車を 降ります。

▶ 駅前で バスに 乗りました。

▶ 東京駅で 地下鉄に 乗り換えました。

▶ エスカレーターに 乗ります。

▶ ビルの 5階で エレベーターを 降ります。

**お花見??**

**知恵袋**

賞花的日文「お花見」通常是指賞櫻，不過真的只是單純欣賞櫻花而已嗎？——當然不光是如此。日本同事與朋友之間一提到「お花見」是指在櫻花樹下，大家一起歡樂飲酒或享受美食之意，甚至還有人特地準備燒烤器具或卡拉OK器材呢。

東京的櫻花季是每年3月下旬至4月上旬左右，很多人會趁星期五的晚上或週末假期出外賞花。為了能在美麗的櫻花樹下欣賞到落英繽紛的美景，還有人在賞花的前一天晚上就負責「場所取り(佔位置)」以搶得最佳地點。賞花季到處都是人、人、人，甚至出現迷路的小孩。週末假期結束後，倒是垃圾多過於櫻花了。

## 15-2b 部屋に 入ります。
## 部屋を 出ます。

銀行（ぎんこう）
喫茶店（きっさてん） } に 入ります。
学校（がっこう） } を 出ます。

▶ おふろに 入ります。

▶ 家を 出ます。

▶ 電車は 東京駅を 出発しました。

▶ わたしは 去年 この会社に 入りました。

▶ 兄は 来月 渋谷大学に 入学します。

▶ 姉は 去年 大学を 卒業しました。

★ 「～に 入ります」と 「～を 出ます」 ★

・大学に 入ります。 ＝ 大学に 入学します。
・大学を 出ます。 ＝ 大学を 卒業します。

入学します ⇔ 卒業します
入園します ⇔ 卒園します
入院します ⇔ 退院します ×出院します
入社します ⇔ 退職します
入会します ⇔ 退会します

## 15-3 学校へ 行きます。

交番
レストラン ⎫ へ 行きます。
会社 ⎭

▶ 友達の 家へ 行きます。

▶ A：来年 どこへ 行きますか。
　 B：外国へ 行きます。アメリカへ 行きます。

▶ うちへ 帰ります。

▶ A：いつ 台湾へ 来ましたか。
　 B：去年 台湾へ 来ました。

## 15-4 鳥は 空を 飛びます。

わたしは　　橋 ⎫ 　　　⎧ 渡ります。
魚は　　　　海 ⎬ を ⎨ 泳ぎます。
子供たちは　公園 ⎭ 　　　⎩ 走ります。

▶ 父は 海岸を 散歩します。

▶ このバスは 学校の 前を 通ります。

▶ わたしたちは 坂を 登ります。

▶ 道路の 右側を 歩きます。

▶ 長い 階段を 上がります。

## 15-5 紙に 名前を 書きます。

いす
壁
どこ
} に {
座ります。
絵を 掛けます。
荷物を 置きますか。

▶ 明日 さくらホテルに 泊まります。

▶ ポケットに ハンカチを 入れます。

▶ 庭に 花を 植えます。

▶ 弟は ノートに 汽車の 絵を かきました。

▶ どこに ごみを 捨てますか。

### e研講座

#### 「ここに書きます」と「ここで書きます」

　　經常有學習者問到「に」和「で」的不同。例如標題這兩句意思到底哪裡不同呢？其實「ここに」的「ここ」是指書寫用具筆尖指向的所在，如紙、筆記本等；而「ここで」的「ここ」則是指教室、辦公室、房間等可以進行書寫動作的地點。不只「に」和「で」，其他像這一類的助詞在用法上也常讓外國學習者搞不清楚。沒關係，就一個一個將助詞的正確用法熟記在腦海裡，至於細微的不同可以從前後文或對話情境來掌握語義。

Ⅰ 例) わたし は 愛です。

①あした 海□ 行きます。

②わたしは 東京□ 生まれました。

③このノート□ 名前□ 書きます。

④東京駅□ 地下鉄□ 乗ります。

⑤どこ□ バス□ 降りますか。


Ⅱ 例) 学校へ （ 行きます 降ります 飛びます ）。

①東京駅で 電車に （ 降ります 乗ります 帰ります ）。

②去年 日本へ （ 来ました 書きました 買いました ）。

③駅前の レストランに （ 出ます 入ります 乗ります ）。

④毎朝 公園を （ 散歩します 行きます 乗ります ）。

⑤机の 上に ノートを （ 植えます 来ます 置きます ）。


Ⅲ 例) ワンさんの 傘は （ どれ ）ですか。

①（　　　　　）が 教室を 出ましたか。

②今日 （　　　　　）ホテルに 泊まりますか。

③いつも （　　　　　）で 昼ごはんを 食べますか。

④（　　　　　） アメリカへ 帰りますか。

⑤このかばんに （　　　　　）を 入れますか。

| ~~どれ~~ | どの | いつ | どこ | 何 | だれ |

Ⅳ例）A：新しい　本を　（　買いますか　買いましたか　買いませんか　）。

B：いいえ、買いませんでした。

①A：今から　一緒に　晩ごはんを

（　食べましょう　食べません　食べました　）。

B：そうですね。じゃあ、おいしい　店へ　行きましょう。

②A：花子さんは　家を　（　出ますか　出ましょうか　出ましたか　）。

B：はい、出ました。

③A：今日　一緒に　勉強しませんか。

B：いいですよ。

じゃあ、3時に　図書館へ　（　行きました　行きます　行きません　）。

④A：真理さんの　車は　どこですか。

B：向こうの　駐車場に　（　止めましょう　止めました　止めません　）。

⑤A：鈴木さんは　いますか。

B：いいえ、いません。

5時ごろ　家へ　（　帰りました　帰りません　帰りましょう　）。

 話しましょう

CD A-17,18,19

I

A：①<u>あした</u>　どこへ　行きますか。

B：②<u>デパートへ</u>　行きます。

　　②<u>デパートで</u>　③<u>靴を</u>　買います。

A：わたしは　家で　勉強します。

（1）①あさって　　②美術館　　③外国の　古い　絵を　見ます

（2）①日曜日　　②海　　③ボートに　乗ります

（3）①夏休み　　②富士山　　③たくさん　写真を　撮ります

II

A：この①<u>お皿は</u>　どこに　②<u>置きますか</u>。

B：③<u>テーブルの</u>　上に　②<u>置きます</u>。

A：はい、わかりました。

（1）①本　　②入れます　　③教室の　本棚

（2）①花　　②植えます　　③庭

（3）①ごみ　　②捨てます　　③箱の　中

応用会話

A：お兄さんは　大学生ですか。

B：いいえ、大学生では　ありません。

　　兄は　今年　大学を　出ました。

A：今　お兄さんは　会社員ですか。

B：はい、先月　自動車の　会社に　入りました。

| | | | | |
|---|---|---|---|---|
| 欲しい2 | ほ | 想要的 | お土産0 | みやげ | 土産，紀念品；伴手禮 |

欲しい2 （ほ） 想要的

強い2 （つよ） 強的，有力的

遠い0 （とお） 遠的

薄い0 （うす） 薄的

暖かい4 （あたた） 暖和的

厳しい3 （きび） 嚴格的，嚴厲的

▼

洗います4【洗う0】（あら） 洗，清洗

けります3【ける1】 踢，踹

習います4【習う2】（なら） 學習

引きます3【引く0】（ひ） 拉；查(字典)

出かけます4【出かける0】（で） 出門

捕まえます5【捕まえる0】（つか） 揪住，抓住；捕捉

運動します6【運動する0】（うんどう） 運動

▼

空手0 （からて） 空手道

帯1 （おび） (和服等的)腰帶

白帯0 （しろおび） 白帶

黒帯0 （くろおび） 黑帶

初心者2 （しょしんしゃ） 初學者

道場1 （どうじょう） (武術)練習場

▼

タクシー1 計程車

徒歩1 （とほ） 徒步，步行

新幹線3 （しんかんせん） (日本子彈列車) 新幹線

お土産0 （みやげ） 土產，紀念品；伴手禮

参考書0 （さんこうしょ） 參考書

お金0 （かね） 錢，金錢

はし1 筷子

手1 （て） 手，手臂

足2 （あし） 腳，腿

アメリカ0 美國

恋人0 （こいびと） 戀人，情人

全員0 （ぜんいん） 全員，全體人員

クラス1 班，班級；等級

▼

ぜひ1 務必，一定

日本有很多傳統武術，劍道、柔道、合氣道等，小愛正在學的空手道也是其中一種。思比佳知道後表示感興趣，正好小愛今天下午有練習……

▶ 小愛和思比佳正在聊天。

「愛は スポーツを しますか。」

「はい、わたしは 空手を します。」

「空手？ それは 何ですか。」

「ここに 空手の 雑誌が あります。
一緒に 見ましょう。」

「白い 帯の 人と 黒い 帯の 人が
いますね。」

「ええ、白い 帯の 人は 初心者で、
黒い 帯は 強い 人です。
わたしは 今 白帯です。黒帯が 欲しいです。
３時から 空手の 練習が あります。
スピカ、わたしと 一緒に 行きませんか。」

「行きたいです。
空手の 練習が したいです。」

## Q&A

①愛は　どんな　スポーツを　しますか。＿＿＿＿＿＿＿＿＿＿＿＿＿＿＿＿

②空手の　練習は　どうですか。＿＿＿＿＿＿＿＿＿＿＿＿＿＿＿＿

③白い　帯の　人は　どんな　人ですか。黒い　帯の　人は　どんな　人ですか。

＿＿＿＿＿＿＿＿＿＿＿＿＿＿＿＿＿＿＿＿＿＿＿＿＿＿＿＿＿＿＿

 **文型**

## 16-1 わたしは ケーキが 食べたいです。

わたしは
$\left\{\begin{array}{l} \text{映画が 見} \\ \text{日本語の 勉強が し} \\ \text{アメリカへ 行き} \end{array}\right\}$ たいです。

▶ わたしは プレゼントが 買いたいです。
▶ わたしは 飛行機に 乗りたいです。
▶ A：どこへ 行きたいですか。
　 B：わたしは ぜひ 京都へ 行きたいです。

ケーキを 食べます。
↓
ケーキが 食べたいです。

## 16-2 わたしは 車は 買いたくないです。

わたしは
$\left\{\begin{array}{l} \text{辞書は 引き} \\ \text{パソコンは 使い} \\ \text{電車に 乗り} \end{array}\right\}$ たくないです。

▶ わたしは 働きたくないです。
▶ 外国へ 行きたくないです。
▶ A：何を 食べますか。
▶ B：何も 食べたくないです。

車が 買いたいです。
↓
車は 買いたくないです。

## 16-3 わたしは 新しい 時計が 欲しいです。

わたしは { お土産 / 参考書 / 腕時計 } が 欲しいです。

▶ わたしは 恋人が 欲しいです。

▶ わたしは お金が 欲しいです。

▶ ワン：チンさんは 何が 欲しいですか。
チン：自転車が 欲しいです。
ワン：車も 欲しいですか。
チン：いいえ、車は 欲しくありません。（＝欲しくないです。）

## 16-4 父と 一緒に 行きます。
＝父と 行きます。

{ 妹 / 父 / ワンさん } と 一緒に { 散歩を します。 / 車を 洗いました。 / 学校へ 来ます。 }

▶ リンさんは チンさんと 一緒に 出かけました。

▶ A：お姉さんと 一緒に ピアノを 弾きましたか。
B：いいえ、1人で 弾きました。

▶ A：だれと 旅行に 行きましたか。
B：家族全員で 行きました。

▶ クラスの 友達と 公園で 運動しました。

## 16-5 タクシーで 行きます。

船（ふね）
地下鉄（ちかてつ）
徒歩（とほ）
｝で 行（い）きます。

▶ パソコンで レポートを 書（か）きました。

▶ 手（て）で 虫（むし）を 捕（つか）まえました。

▶ 足（あし）で ボールを けりました。

▶ はしで ごはんを 食（た）べます。

▶ はさみで 紙（かみ）を 切（き）ります。

▶ 日本語（にほんご）で 話（はな）しましょう。

★ 交通機関（こうつうきかん）(交通工具) ★

飛行機（ひこうき）・船（ふね）・自動車（じどうしゃ）・トラック・オートバイ・自転車（じてんしゃ）・電車（でんしゃ）・（　　　　　）

I 例）わたし は 愛です。

①わたしは　新しい　かばん□　欲しいです。

②鉛筆□　名前□　書きます。

③日曜日　わたしは　友達□　一緒□　遊びます。

④弟と　2人□　ケーキを　作りました。

⑤音楽の　授業です。クラス全員□　歌を　歌いました。


II 例）牛乳を　飲みます。

　　　→　わたしは　牛乳が　飲みたいです。

　　　→　わたしは　牛乳は　飲みたくないです。

①映画を　見ます。

　　→

　　→

②かばんを　買います。

　　→

　　→

③英会話を　習います。

　　→

　　→

④バスに　乗ります。

　　→

　　→

⑤イタリアへ　行きます。

　　→

　　→

Ⅲ例）今　何が　飲みたいですか。

　　　　ビールが　飲みたいです。
_____

①今　何が　食べたいですか。
_____

②今　どこへ　行きたいですか。
_____

③どんな　映画が　見たいですか。
_____

④どんな　本が　読みたいですか。
_____

⑤何が　買いたいですか。
_____

「級」と「段」？？

日本的柔道、劍道、空手道、書道、圍棋、象棋皆以「級」和「段」來區別學習者的技能程度。隨著技巧的提升，通過測驗後，級數會減少、段數會增加。例如：……二級→一級→初段→二段→三段……。

這是由於「級」並非學習的階段，而是要把不好的部份漸次踢除，所以級數減少；到了「段」，則是累積學習經驗、精進習得技能的階段，所以段數增加。空手道、柔道等還會以腰帶的顏色來區別，腰帶顏色因流派不同而異，主要有白、橙、藍、黃、綠、茶、黑、紅等色。

# 話しましょう

I

A：来週の　日曜日　何が　したいですか。

B：①映画が　②見たいです。

A：そうですか。わたしも　②見たいです。

B：じゃあ、一緒に　②見ましょう。

（1）①日本料理　　　　　②作ります

（2）①テニスの　練習　　②します

（3）①新幹線　　　　　　②乗ります


II

A：リーさん、今　何が　欲しいですか。

B：そうですね。①新しい　パソコンが　欲しいです。

　　今のは　②古いです。

（1）①大きい　車　　　　②小さい

（2）①軽い　かばん　　　②重い

（3）①暖かい　コート　　②薄い


## 応用会話

A：どこへ　行きたいですか。

B：古い　町へ　行きたいです。

A：京都は　どうですか。

B：京都は　ちょっと・・・。

　　金沢へ　行きたいです。

| 単語 | | CD A-26 |
|---|---|---|

| | | | |
|---|---|---|---|
| ピンポーン 1 | (門鈴聲)叮咚 | 象 1 | 大象 |
| インターフォン 3 | 對講機 | うさぎ 0 | 兔子 |
| ▼ | | ライオン 0 | 獅子 |
| 殺人 0 | 殺人 | ▼ | |
| 事件 1 | 事件 | ＣＤプレーヤー 6 | CD播放機 |
| 犯人 1 | 犯人 | 風 0 | 風 |
| 警察 0 | 警察 | 熱 2 | 熱，熱度；發燒 |
| ▼ | | 発音 0 | 發音 |
| 起こります 4【起こる 2】 | 發生，產生 | 背／背 1 | 個子，身高 |
| 始まります 5【始まる 0】 | 開始 | 近く 2 | 附近 |
| 起きます 3【起きる 2】 | 起床 | ▼ | |
| 寝ます 2【寝る 0】 | 睡覺 | これから 0 | 從現在起 |
| 逃げます 3【逃げる 2】 | 逃跑，逃走 | そして 0 | 然後；而且 |
| 就職します 6 | 就職，就業 | それから 0 | 然後；還有，另外 |
| 【就職する 0】 | | | |
| ▼ | | | |
| 痛い 2 | 痛的，疼的 | | |
| 怖い 2 | 可怕的；害怕的 | | |
| ▼ | | | |
| 頭 3 | 頭；頭腦 | | |
| 目 1 | 眼睛 | | |
| 耳 2 | 耳朵 | | |
| 鼻 0 | 鼻子 | | |
| 口 0 | 嘴巴 | | |
| 歯 1 | 牙齒 | | |
| 顔 0 | 臉 | | |
| 髪 2 | 頭髮 | | |

# 第 17 課 「だれか 見ましたか。」

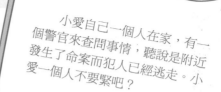

小愛自己一個人在家，有一個警官來查問事情，聽說是附近發生了命案而犯人已經逃走。小愛一個人不要緊吧？

♪ピンポーン♪

「はい。」

「警察です。」

「警察？」

「はい、少し 話が 聞きたいです。」

「今 開けます。」

愛は ドアを 開けました。

「こんにちは。今朝 公園の 近くで
殺人事件が 起こりました。」

「殺人事件？！」

「そうです。今朝 公園の 近くを 通りましたか。」

「8時に 家を 出ました。
そして、公園の 横を 通りました。」

「8時ごろですね。だれか 見ましたか。」

「はい、見ました。小学生の 女の子を 見ました。
それから、男の人を 見ました。」

「どんな 人でしたか。」

「背が 高かったです。
そして、髪が 短かったです。」

「そうですか。
ありがとうございました。」

・・・・・・・・・・・・・・
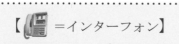【 ＝インターフォン】

「その人が　犯人ですか。」

「わかりません。家の　人は　だれか　いますか。」

「だれも　いません。」

「犯人は　どこかへ　逃げました。1人で　大丈夫ですか。」

「・・・・。」

愛は　怖いです。でも・・・。

「ただいま。」

「ママ！　1人で　怖かったです。」

「愛、どうしましたか？！」

> 「どうしましたか：怎麼了？

# Q&A

①愛の　家に　だれか　来ましたか。

_____

②愛の　家に　だれが　来ましたか。

_____

③愛は　何時に　家を　出ましたか。

_____

④愛は　公園の　近くを　通りましたか。

_____

⑤愛は　だれか　見ましたか。

_____

## 文型

### 17-1 6時に 起きます。

▶ わたしは 金曜日に 図書館へ 行きます。

▶ チンさんは 2時に 駅へ 行きます。

▶ わたしは 1986年10月10日に 生まれました。

▶ 桜田さんは 来週 イギリスへ 行きます。

▶ 母は 午後 病院へ 行きます。

▶  A：いつ アメリカへ 行きますか。
   B1：日曜日に アメリカへ 行きます。
   B2：来月 アメリカへ 行きます。

---

**e研講座**

### 時の名詞

☑「に」が必要

　時刻（何時・1時・5分・8秒・・・・）
　日（何日・1日・15日・誕生日・・・・）
　月（何月・1月・2月・・・・）
　★曜日（何曜日・月曜日・火曜日・・・・）
　★季節（春・夏・秋・冬）　　★休み（春休み・冬休み・・・・）
　　　　　　　　　　　　　　　　　　　【★の「に」は省略可能】

☒「に」が不要

　おととい・きのう・今日・あした・あさって
　先週・今週・来週　　先月・今月・来月
　去年・今年・来年　　毎日・毎週・毎月・毎年
　今朝・ゆうべ・今夜　・・・・

- - - - - - - - - - - - - - - - - - - - - - - - - - - - - - - -

　○ わたしは 二十日に デパートへ 行きます。

　× わたしは あしたに デパートへ 行きます。

**17-2**
　A：何<sub>なに</sub>か　飲<sub>の</sub>みますか。
　B１：はい、飲<sub>の</sub>みます。
　B２：いいえ、何<sub>なに</sub>も　飲<sub>の</sub>みません。

▶ A：隣<sub>となり</sub>の　部屋<sub>へや</sub>に　だれか　いますか。
　 B：いいえ、だれも　いません。

▶ A：あした　どこかへ　行<sub>い</sub>きますか。
　 B：どこへも　行<sub>い</sub>きません。

▶ A：公園<sub>こうえん</sub>に　何<sub>なに</sub>か　ありますか。
　 B：はい、あります。木<sub>き</sub>と　花<sub>はな</sub>が　あります。

▶ A：ごみ箱<sub>ばこ</sub>は　どこかに　ありますか。
　 B：あそこに　あります。

▶ A：池<sub>いけ</sub>に　何<sub>なに</sub>か　いますか。
　 B：いいえ、何<sub>なに</sub>も　いません。

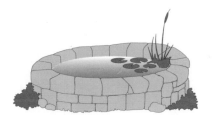

**17-3a** デパートへ　行<sub>い</sub>きました。そして、靴<sub>くつ</sub>を　買<sub>か</sub>いました。

▶ 仕事<sub>しごと</sub>は　9時<sub>じ</sub>に　始<sub>はじ</sub>まります。そして、5時<sub>じ</sub>に　終<sub>お</sub>わります。

▶ これから　郵便局<sub>ゆうびんきょく</sub>へ　行<sub>い</sub>きます。そして、切手<sub>きって</sub>を　買<sub>か</sub>います。

▶ 兄<sub>あに</sub>は　来年<sub>らいねん</sub>　卒業<sub>そつぎょう</sub>します。そして、就職<sub>しゅうしょく</sub>します。

▶ いつも　朝<sub>あさ</sub>　6時<sub>じ</sub>に　起<sub>お</sub>きます。そして、夜<sub>よる</sub>　11時<sub>じ</sub>に　寝<sub>ね</sub>ます。

▶ 来週<sub>らいしゅう</sub>　火曜日<sub>かようび</sub>に　旅行<sub>りょこう</sub>に　行<sub>い</sub>きます。そして、金曜日<sub>きんようび</sub>に　帰<sub>かえ</sub>ります。

## 17-3b わたしの 部屋は 広いです。そして、きれいです。

▸ 先生は 優しいです。そして、おもしろいです。

▸ 頭が 痛いです。そして、熱も あります。

▸ あの店は おいしいです。そして、安いです。

▸ わたしの 部屋に ＣＤプレーヤーが あります。

　そして、テレビも あります。

▸ 学校で 英語を 勉強します。そして、日本語も 勉強します。

▸ 今日は 雨です。そして、風も 強いです。

| A a | エー（エイ） | J j | ジェー（ジェイ） | S s | エス |
|---|---|---|---|---|---|
| B b | ビー | K k | ケー（ケイ） | T t | ティー |
| C c | シー | L l | エル | U u | ユー |
| D d | ディー | M m | エム | V v | ブイ |
| E e | イー | N n | エヌ | W w | ダブリュー |
| F f | エフ | O o | オー（オウ） | X x | エックス |
| G g | ジー | P p | ピー | Y y | ワイ |
| H h | エイチ（エッチ） | Q q | キュー | Z z | ゼット（ズィー） |
| I i | アイ | R r | アール | | |

例） ＣＤ：シーディー　　　ＤＶＤ：ディーブイディー

　　 ＪＲ：ジェーアール　　ＮＨＫ：エヌエイチケー

## 17-4 象は 鼻が 長いです。

$$
\left.\begin{array}{l} わたし \\ うさぎ \\ 中国語 \end{array}\right\} は
\left\{\begin{array}{l} 目 \\ 耳 \\ 発音 \end{array}\right\} が
\left\{\begin{array}{l} 痛い \\ 長い \\ 難しい \end{array}\right\} です。
$$

▶ スピカさんは　顔が　小さいです。

▶ 鈴木さんは　背が　高いです。

▶ ライオンは　歯が　丈夫です。

▶ 佐藤さんは　髪が　長いです。

▶ 父は　口が　大きいです。

▶ 東京は　交通が　便利です。

I 例) わたし は　愛です。

①A：いつ　日本 □　行きますか。

　B：夏休み □　日本 □　行きます。

②A：机の　上に　何 □　ありますか。

　B：何 □　ありません。

③A：かぎは　どこか □　ありますか。

　B：どこ □ □　ありません。

④A：教室に　だれ □　いますか。

　B：だれ □　いません。

⑤スピカは　目 □　青いです。

II 例) 6時 に　起きます。

　　来週 ✕　アメリカへ　行きます。

①土曜日 ＿＿　映画を　見ます。

②朝　6時半 ＿＿　家を　出ます。

③去年 ＿＿　台湾へ　来ました。

④6月 ＿＿　大学を　卒業します。

⑤毎朝 ＿＿　牛乳を　飲みます。

Ⅲ 例）おふろに　入ります。

→　おふろに　入ります。そして、寝ます。

| |
|---|
| 日本語の　歌を　歌いました　・　新しいです　・　~~寝ます~~<br>泳ぎました　・　勉強します　・　安いです |

①友達の　家へ　行きます。

→

②海へ　行きました。

→

③姉の　学校は　広いです。

→

④このケーキは　おいしいです。

→

⑤パーティーで　日本語を　話しました。

→

Ⅳ 例）A：あの人は　（　何　・　⬭だれ⬭　）ですか。

B：リンさんです。

①A：テーブルの　下に　何か　ありますか。

B：いいえ、（　何か　・　何も　）　ありません。

②A：隣の　部屋に　だれか　いますか。

B：いいえ、（　だれか　・　だれも　）　いません。

③A：虫は　どこかに　いますか。

B：いいえ、（　どこかに　・　どこにも　）　いません。

④A：木の　上に　（　何か　・　何が　）　いますか。

B：はい、います。きれいな　鳥が　います。

⑤A：赤い　ペンは　（　どこかに　・　どこか　）　ありますか。

B：あそこに　あります。

# 話しましょう

CD A-29,30,31

Ⅰ

A：いつ ①海へ 行きましたか。

B：②先週 行きました。そして、③泳ぎました。

A：楽しかったですか。

B：はい、楽しかったです。

（1）①友達の 家 　　②ゆうべ 　　③ＣＤを 聞きます
（2）①公園 　　　　②今朝 　　　③走ります
（3）①アメリカ 　　②８月に 　　③英語を 勉強します


Ⅱ

A：①庭に 何か いますか。

B：はい、います。②犬が います。

A：どんな ②犬ですか。

B：小さいです。そして、③白いです。

（1）①木の 上 　　②猫 　　③かわいい
（2）①池 　　　　②魚 　　③赤い
（3）①車の 上 　　②鳥 　　③きれいな


**応用会話**

A：日曜日に どこかへ 行きましたか。

B：はい、行きました。新宿へ 行きました。

　　そして、映画を 見ました。

A：何か 買いましたか。

B：いいえ、何も 買いませんでした。

| 言います 3【言う 0】 | 說，講 |
| --- | --- |
| 急ぎます 4【急ぐ 2】 | 急，趕快 |
| 押します 3【押す 0】 | 推；按，壓 |
| 貸します 3【貸す 0】 | 借，借出 |
| 尋ねます 4【尋ねる 3】 | 問，打聽 |
| 立ちます 3【立つ 1】 | 立，站 |
| 釣ります 3【釣る 0】 | 釣(魚) |
| 閉じます 3【閉じる 2】 | 閉上，合上 |
| 届きます 4【届く 2】 | (物品)送到，到達 |
| 待ちます 3【待つ 1】 | 等，等待 |
| 治ります 4【治る 2】 | 治好，痊癒 |
| 話し合います 6 | 交談；商量，討論 |
| 【話し合う 4】 | |
| 消えます 3【消える 0】 | 熄滅；消失 |
| かけます 3【かける 2】 | 打(電話) |
| 乗せます 3【乗せる 0】 | 使乘上，裝載 |
| 握手します 5【握手する 1】 | 握手 |
| 質問します 6【質問する 0】 | 提問，發問 |
| 相談します 6【相談する 0】 | 商量，商談 |
| 競争します 6【競争する 0】 | 競爭，競賽 |
| ▼ | |
| さっき 1 | 剛才 |
| ゆっくり 3 | 慢慢地，不著急地 |
| もう 0 | 再，另外 |
| 一度 3 | 一次 |
| すぐ／すぐに 1 | 馬上，立刻 |

| 病気 0 | 病，疾病 |
| --- | --- |
| インフルエンザ 5 | 流行性感冒 |
| ドクター 1 | 醫生；博士 |
| 医院 1 | (私人)診所 |
| 診察室 4,3 | 診療室 |
| ▼ | |
| 名簿 0 | 名簿，名冊 |
| ページ 0 | 頁 |
| カーテン 1 | 窗簾 |
| 食事 0 | 飲食，用餐 |
| 薬 0 | 藥 |
| 外 1 | 外面 |
| 気分 1 | 身心感受；情緒 |
| 気持ち 0 | 心情；身心感受 |
| けんか 0 | 爭吵，吵架；打架 |
| 毎晩 1,0 | 每晚 |
| 時間 0 | 時間 |
| 約束 0 | 約定 |
| ▼ | |
| 君 0 | (男性稱呼同輩、晚輩)你 |
| 汚い 3 | 髒的，髒亂的 |

CD A-33,34

小愛的弟弟小健正在準備
大學聯考，卻在重要的模擬考
的前一天突然發高燒，可憐的
小健！小愛不禁擔心了起來
……對了！思比佳的父親不就
是個醫生嗎？！

愛は　健と　一緒に　シリウス医院へ
行きました。

ここは　シリウス医院です。チッピーが　います。

「健さん、大丈夫ですか。」

「？！？！？！？！？！」

「このいすに　座って　ください。

　このいすは　ロボットです。

　愛ちゃん、この紙に　健さんの　名前を　書いて　ください。

　そして、ここで　待って　ください。」

ロボットの　いすは　健を　乗せて、
すぐに　診察室へ　行きました。
チッピーも　一緒に　行きました。
愛は　紙に　健の　名前を　書いて、
診察室の　外で　待ちました。

シリウス先生の　診察室です。
健の　前に　シリウス先生が　います。

「健くん、目を　閉じて　ください。

　チッピー、カーテンを
　閉めて　ください。」

「健くん、終わりました。

　チッピー、カーテンを　開けて　ください。」

「さあ」:(遲疑)嗯…；(催促)喂

# Q&A

①愛は　だれと　一緒に　シリウス医院へ　行きましたか。

_____

②シリウス医院の　いすは　何ですか。

_____

③愛も　健と　一緒に　診察室へ　行きましたか。

_____

④愛は　紙に　何を　書きましたか。

_____

⑤健は　何の　病気でしたか。

_____

⑥シリウス先生は　どこから　来ましたか。

_____

文型

**18-1** 立<sub>た</sub>って　ください。

▶ 急<sub>いそ</sub>いで　ください。

▶ ちょっと　待<sub>ま</sub>って　ください。

▶ ゆっくり　話<sub>はな</sub>して　ください。

▶ もう　一度<sub>いちど</sub>　言<sub>い</sub>って　ください。

▶ 辞書<sub>じしょ</sub>を　貸<sub>か</sub>して　ください。

**18-2** 朝<sub>あさ</sub>　起<sub>お</sub>きて、シャワーを　浴<sub>あ</sub>びます。

▶ 6時<sub>じ</sub>に　起<sub>お</sub>きて、散歩<sub>さんぽ</sub>します。

▶ お土産<sub>みやげ</sub>を　買<sub>か</sub>って、家<sub>いえ</sub>へ　帰<sub>かえ</sub>りました。

▶ 夏休<sub>なつやす</sub>みに　海<sub>うみ</sub>へ　行<sub>い</sub>って、大<sub>おお</sub>きい　魚<sub>さかな</sub>を　5匹<sub>ひき</sub>　釣<sub>つ</sub>りました。

▶ 東京<sub>とうきょう</sub>で　電車<sub>でんしゃ</sub>に　乗<sub>の</sub>って、新宿<sub>しんじゅく</sub>で　降<sub>お</sub>りました。

▶ きのう　友達<sub>ともだち</sub>と　映画<sub>えいが</sub>を　見<sub>み</sub>て、食事<sub>しょくじ</sub>を　しました。

▶ お昼<sub>ひる</sub>ごはんを　食<sub>た</sub>べて、薬<sub>くすり</sub>を　飲<sub>の</sub>んで、寝<sub>ね</sub>ました。

# て形の作り方

## Ⅰ類動詞

あら<br>洗います→　　あら<br>洗って

た<br>立ちます→　　た<br>立って　　　　　　　　（い・ち・り→って）

はし<br>走ります→　　はし<br>走って

あそ<br>遊びます→　　あそ<br>遊んで

の<br>飲みます→　　の<br>飲んで　　　　　　　　（び・み・に→んで）

し<br>死にます→　　し<br>死んで

はな<br>話します→　　はな<br>話して　　　　　　　　（し→して）

か<br>書きます→　　か<br>書いて　　　　　　　　（き→いて）

およ<br>泳ぎます→　　およ<br>泳いで　　　　　　　　（ぎ→いで）

い<br>＊行きます→　　い<br>＊行って

## Ⅱ類動詞

た<br>食べます→　　た<br>食べて

あ<br>開けます→　　あ<br>開けて

み<br>見ます→　　み<br>見て

## Ⅲ類動詞

き<br>来ます→　　き<br>来て

します→　　して

べんきょう<br>勉強します→　　べんきょう<br>勉強して

Ⅰ類動詞的變化
比較複雜

# Ⅰ類動詞の活用表

（いちるいどうし　かつようひょう）

| | W | R | Y | M | P | B | H | N | D | T | Z | S | G | K | あ | AIUEO |
|---|---|---|---|---|---|---|---|---|---|---|---|---|---|---|---|---|
| ない形 | わ | ら | や | ま | ぱ | ば | は | な | だ | た | ざ | さ | が | か | あ | A |
| ます形 | い | り | | み | ぴ | び | ひ | に | ぢ | ち | じ | し | ぎ | き | い | I |
| 辞書形 | う | る | ゆ | む | ぷ | ぶ | ふ | ぬ | づ | つ | ず | す | ぐ | く | う | U |
| ば形 | え | れ | | め | ぺ | べ | へ | ね | で | て | ぜ | せ | げ | け | え | E |
| う形 | お | ろ | よ | も | ぽ | ぼ | ほ | の | ど | と | ぞ | そ | ご | こ | お | O |
| て形 | っ | っ | | | | | | | | っ | | し | | い | | |
| （で） | | | | ん | | ん | | ん | | | | | い | | | |

| W | R | M | B | N | T | S | G | K | |
|---|---|---|---|---|---|---|---|---|---|
| 買（か）う | 走（はし）る | 飲（の）む | 飛（と）ぶ | 死（し）ぬ | 立（た）つ | 話（はな）す | 泳（およ）ぐ | 書（か）く | 動詞 |
| 習（なら）う | 入（はい）る | 読（よ）む | 遊（あそ）ぶ | | 待（ま）つ | 貸（か）す | 脱（ぬ）ぐ | 聞（き）く | |
| 笑（わら）う | 送（おく）る | 休（やす）む | 呼（よ）ぶ | | 勝（か）つ | | 急（いそ）ぐ | 歩（ある）く | |
| 思（おも）う | 売（う）る | 住（す）む | 選（えら）ぶ | | 打（う）つ | | 騒（さわ）ぐ | 引（ひ）く | |
| 使（つか）う | 作（つく）る | 包（つつ）む | 結（むす）ぶ | | | | | 働（はたら）く | |

## 18-3 宿題を　し<u>てから</u>、テレビを　見ます。

▶ 食事を　してから、映画を　見ます。

動詞て形＋から

▶ 毎晩　本を　読んでから、寝ます。

▶ あした　電話を　かけてから、先生の　家へ　行きます。

▶ 父は　おふろに　入ってから、ビールを　飲みます。

▶ お金を　入れてから、ボタンを　押して　ください

▶ 母が　帰ってから、一緒に　料理を　作りました。

**18-4** わたしは　友達（ともだち）に　電話（でんわ）を　かけます。

母（はは）
先生（せんせい）　に
だれ

話（はな）します。
手紙（てがみ）を　書（か）きます。
聞（き）きましたか。

▶ わたしは　友達（ともだち）に　メールを　送（おく）りました。

▶ 先生（せんせい）は　わたしに　時間（じかん）を　尋（たず）ねました。

▶ きのう　友達（ともだち）に　手紙（てがみ）を　出（だ）しました。

▶ あした　先生（せんせい）に　質問（しつもん）します。

▶ A：だれに　相談（そうだん）しましたか。
　 B：医者（いしゃ）に　相談（そうだん）しました。

**18-5** わたしは　友達（ともだち）と　競争（きょうそう）しました。

兄（あに）
わたし　　は
鈴木（すずき）さん

彼女（かのじょ）
拓也（たくや）くん　と
だれ

結婚（けっこん）します。
けんかを　しました。
会（あ）いますか。

▶ 母（はは）は　父（ちち）と　話（はな）し合（あ）います。

▶ わたしは　先生（せんせい）と　握手（あくしゅ）しました。

▶ 山田（やまだ）さんと　買（か）い物（もの）の　約束（やくそく）を　しました。

## 18-6 エマさんは　アメリカから　来ました。

▶ 宿題は　21ページから　23ページまでです。

▶ A：どこから　新幹線に　乗りますか。
　 B：東京から　京都まで　乗ります。

▶ この荷物は　母から　届きました。

▶ この手紙は　だれから　来ましたか。

▶ さっき　お父さんから　電話が　ありました。

## e研講座

・歯が　痛いです。（牙痛）
・頭が　痛いです。（頭痛）
・のどが　痛いです。（喉嚨痛）
・おなかが　痛いです。（肚子痛）

・気分が　悪いです。（身體不舒服）
・熱が　あります。（發燒）
・食欲が　ありません。（沒食慾）

### 病気の症状

・咳が　出ます。（咳嗽）
・鼻水が　出ます。（流鼻水）
・くしゃみが　出ます。（打噴嚏）

・寒気が　します。（發冷）
・めまいが　します。（頭暈）
・吐き気が　します。（噁心）

Ⅰ例）わたし は 愛です。

①あした　先生□　旅行の　写真□　送ります。

②タクシー□　駅まで　行きます。

③今日の　夜　兄は　母□　電話□　かけます。

④わたしは　チンさん□　けんかしました。

⑤イギリス□□　手紙が　来ました。


Ⅱ例）立ちます。→　立って　ください。

①部屋の　窓を　開けます。→

②このいすに　座ります。→

③その本を　貸します。→

④部屋を　掃除します。→


Ⅲ例）先生（ (に) と　から ）　質問しました。

①わたしは　友達（ に　と　から ）　散歩しました。

②先生は　学生（ に　へ　から ）　日本語を　教えます。

③Ａ：先生、10時に　チンさん（ へ　と　から ）　電話が　ありました。

　Ｂ：チンさん（ へ　と　から ）ですね。どうも　ありがとう。

④わたしは　姉（ に　と　から ）　テニスを　します。


Ⅳ例）起きます＋顔を　洗います　→　起きてから、顔を　洗います。

①ごはんを　食べます＋薬を　飲みます

　　→

②切符を　買います＋電車に　乗ります

　　→

③手紙を　出します＋荷物を　送ります

　　→

Ⅴ 例） 6時半に　起きて、7時に　朝ごはんを　食べます。

| 6:00 | 12:00 | 6:00 |
|---|---|---|
| 6:30 | 12:30 | 6:30 |
| 7:00 | 1:00 | 7:00 |
| 7:30 | 2:00 | 7:30 |
| 8:00 | 3:00 | 8:00 |
| 8:30 | 3:30 | 8:30 |
| 9:00 | 4:00 | 9:00 |
| 10:00 | 4:30 | 10:00 |
| 11:00 | 5:00 | 11:00 |
| 12:00 | 6:00 | 12:00 |

CD A-35,36,37

I

A：すみません。①東京駅へ　行きたいです。

B：どうぞ　②乗って　ください。

A：ちょっと　③寒いです。④窓を　閉めて　ください。

B：はい。

（1）①セーターを　見ます　　　②着ます
　　　③小さい　　　　　　　　　④大きい　セーターを　出します

（2）①ラーメンを　食べます　　②座ります
　　　③汚い　　　　　　　　　　④テーブルを　掃除します

（3）①メールを　書きます　　　②パソコンを　使います
　　　③暗い　　　　　　　　　　④電気を　つけます

II

A：いつ　図書館へ　行きますか。

B：わたしは　①昼ごはんを　食べてから、図書館へ　行きます。

　　チンさんは　どうですか。

A：わたしは　②テレビを　見てから、図書館へ　行きます。

（1）①ノートを　買います　　　　　②手紙を　出します

（2）①テニスの　練習を　します　　②泳ぎます

（3）①家へ　帰ります　　　　　　　②買い物を　します

## 応用会話

A：すみません。ちょっと　教えて　ください。
　　地下鉄の　駅は　どこですか。
B：その階段を　降りて、
　　右へ　行って　ください。
A：どうも　ありがとうございました。

## 19

単語　　　　　　　　　　　　　　　CD B-01

| | | | |
|---|---|---|---|
| <sup>あやま</sup>謝ります 5【謝る 3】 | 道歉，認錯 | ガレージ 2.1 | 車庫，車房 |
| <sup>おどろ</sup>驚きます 5【驚く 3】 | 驚訝，驚嘆 | シャッター 1 | 鐵捲門；快門 |
| <sup>お</sup>折ります 3【折る 1】 | 折，折斷；摺(紙) | タイムマシン 5 | 時光機 |
| <sup>か</sup>借ります 3【借りる 0】 | 借，借入 | ビデオショップ 4 | 錄影帶店，影片出租店 |
| <sup>こま</sup>困ります 4【困る 2】 | 困擾，爲難 | <sup>じゅうしょ</sup>住所 1 | 住所，地址 |
| <sup>さわ</sup>騒ぎます 4【騒ぐ 2】 | 吵鬧，喧嚷 | <sup>はなし</sup>話 3 | 話，談話 |
| <sup>さわ</sup>触ります 4【触る 0】 | 觸，摸，碰 | ニュース 1 | 新聞 |
| <sup>と</sup>止まります 4【止まる 0】 | 停，止住 | <sup>きょう か しょ</sup>教科書 3 | 教科書 |
| なくします 4【なくす 0】 | 丟失，喪失 | <sup>かん じ</sup>漢字 0 | 漢字 |
| <sup>ひ</sup>引きます 3【引く 0】 | 患(感冒) | メモ 1 | 便條，備忘錄 |
| <sup>たお</sup>倒れます 4【倒れる 3】 | 倒塌；倒閉；病倒 | <sup>らく が</sup>落書き 0 | 亂寫亂畫，塗鴉 |
| <sup>わす</sup>忘れます 4【忘れる 0】 | 忘記，忘掉 | <sup>えだ</sup>枝 0 | 枝，樹枝 |
| <sup>ごう かく</sup>合格します 6【合格する 0】 | 合格，考上 | | |
| <sup>しゅっせき</sup>出席します 6【出席する 0】 | 出席 | <sup>じ こ</sup>事故 1 | 事故 |
| びっくりします 6 | 吃驚，嚇一跳 | <sup>じ しん</sup>地震 0 | 地震 |
| 【びっくりする 3】 | | <sup>か ぜ</sup>風邪 0 | 感冒 |
| <sup>にゅういん</sup>入院します 6【入院する 0】 | 入(醫)院，住院 | <sup>からだ</sup>体 0 | 身體 |
| | | <sup>ぐ あい</sup>具合 0 | 狀況；方便，合適 |
| <sup>おそ</sup>遅い 0 | 晚的；慢的 | <sup>かんじゃ</sup>患者 0 | 病人，傷患 |
| <sup>さび</sup>寂しい 3 | 寂寞的 | <sup>きゃく</sup>客 0 | 客人；顧客 |
| <sup>わる</sup>悪い 2 | 壞的，不好的 | | |
| たいへん(な) 0 | 辛苦(的)；嚴重(的) | | |
| また 0 | 又，再 | | |
| <sup>はじ</sup>初めて 2 | 初次，第一次 | | |

# 第 19 課　「これが　タイムマシン！」

CD B-02,03

小愛與思比佳約好要一起寫報告。剛考取汽車駕照的小愛，今天是第一次開車到思比佳的家，門口有奇皮迎接她……

「いらっしゃい。愛ちゃん。」

「こんにちは。チッピー。
　この車を　ガレージに　止めても　いいですか。」

「どうぞ。今　ガレージの　シャッターを　開けます。」

「ありがとう。チッピー。」

愛は　ガレージに　車を　止めました。
隣に　ベガの　車が　あります。
その車の　名前は　コメットです。

「コメットは　空を　飛びますね。
　すてきな　車です。
　ちょっと　乗っても　いいですか。」

「はい、いいです。」

愛は　コメットに　乗って　驚きました。

「この車の　中は　広いですね。
　ベッドや　冷蔵庫が　あります。
　この冷蔵庫に　何が　ありますか。
　これは　パソコンですね。」

「愛ちゃん、冷蔵庫は　開けても　いいです。
　でも、パソコンは　使わないで　ください。」

75

「チッピー、この赤いボタンは
何ですか。」

「そのボタンを 押しては
いけません。
22世紀へ 行きます。困ります。」

「22世紀！！？？」

「これは タイムマシンですか。」

「そうです。スピカさんたちは この車で 22世紀から
来ました。」

「すごい。わたしも この車で 22世紀へ 行きたいです。」


♪〜♫〜♪〜♫

「愛ちゃん、電話です。」

「スピカからです。」

「愛、今 どこに いますか。
初めて 車を 運転しましたか。大丈夫でしたか。」

「大丈夫でした。
今 ガレージに います。すぐ 行きます。」

▶ 小愛轉頭向奇皮道謝。

「チッピー、ありがとう。
これから スピカと レポートを 書かなければ なりません。
また コメットの 話を して くださいね。」

# Q&A

①愛は　どこに　車を　止めましたか。

_____

②コメットは　何ですか。

_____

③コメットの　中に　何が　ありますか。

_____

④何を　使っては　いけませんか。

_____

⑤愛は　赤い　ボタンを　押しましたか。

_____

⑥愛は　これから　スピカと　一緒に　何を　しますか。

_____

**19**-1 A：窓を 閉めても いいですか。

B：はい、いいです。

家に 帰って
傘を 借りて ┃ も いいですか。
写真を 撮って

動詞て形＋ も いいです

▶ この手紙を 読んでも いいですか。

▶ A：ここから 入っても いいですか。

B：はい、どうぞ。

▶ 　A：ここに 荷物を 置いても いいですか。

B１：はい、かまいません。

B２：ちょっと・・・。

かまいません：沒關係，不要緊

## 19-2 ここに 入っては いけません。

家に　　　帰って
テレビを　　見て　　　　} は いけません。
桜の 枝を 折って

動詞て形＋ (は) いけません

▶ 教科書を 忘れては いけません。

▶ この手紙を 読んでは いけません。

▶ この絵に 触っては いけません。

▶ ここで 遊んでは いけません。

▶ 壁に 落書きを しては いけません。

★禁止マーク★

立入禁止 ＝ 入っては いけません。

駐車禁止 ＝ 車を 止めては いけません。

禁煙 ＝ たばこを 吸っては いけません。

撮影禁止 ＝ 写真を 撮っては いけません。

遊泳禁止 ＝ 泳いでは いけません。

携帯電話使用禁止 ＝ 携帯電話を 使っては いけません。

## 19-3 走らないで ください。

動詞ない形 ＋ で ください

▶ 騒がないで ください。

▶ 夜 出かけないで ください。

▶ 後ろから 押さないで ください。

▶ メモを なくさないで ください。

▶ 風邪を 引かないで ください。

▶ 道路に ごみを 捨てないで ください。

▶ 医者：今日は おふろに 入らないで ください。

　患者：はい、わかりました。

▶ Ａ：あの、ここに 車を 止めないで ください。

　Ｂ：すみません。

・・・・・・・・・・・・・・・・・・・・・・・・・・・

あの：(表示躊躇)嗯…

(=あのう)

# ない形の作り方

## Ｉ類動詞

洗います→ 洗わない

走ります→ 走らない

遊びます→ 遊ばない

飲みます→ 飲まない

話します→ 話さない

行きます→ 行かない

＊あります→ ＊ない

（い段音→あ段音）

## II類動詞

食べます→ 食べない

見ます→ 見ない

## III類動詞

＊来ます→ ＊来ない

します→ しない

勉強します→ 勉強しない

Ｉ類動詞的變化
可以參考p.66表

## 19-4 薬を　飲ま<u>なければ　なりません</u>。

家に　　帰ら
漢字を　覚え　　｝なければ　なりません。
宿題を　　し

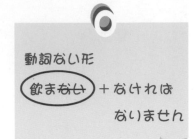

動詞ない形
（飲ま~~ない~~）＋なければ
　　　　　なりません

▶ 駐車場に　車を　止めなければ　なりません。

▶ 山田さんに　謝らなければ　なりません。

▶ Ａ：あしたの　授業は　出席しなければ　なりませんか。

　Ｂ：はい、出席しなければ　なりません。

## 19-5 薬を　飲ま<u>なくても　いいです</u>。

新聞を　　読ま
料理を　　作ら　　｝なくても　いいです。
今　宿題を　　し

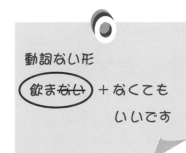

動詞ない形
（飲ま~~ない~~）＋なくても
　　　　　いいです

▶ あした　来なくても　いいです。

▶ 新しい　教科書を　買わなくても　いいです。

▶ Ａ：午後の　会議は　出席しなければ　なりませんか。

Ｂ１：はい、出席しなければ　なりません。

Ｂ２：いいえ、出席しなくても　いいです。

## 19-6 ニュースを 聞いて びっくりしました。

お金が なくて ┐ ┌ 困りました。
寒くて ├ ├ 風邪を 引きました。
試験は 簡単で ┤ ┤ みんな 合格しました。
事故で ┘ └ 電車が 止まりました。

▶ 山に 登って 疲れました。

▶ 宿題が たくさん あって たいへんです。

▶ 今日は リーさんが 来なくて 寂しいです。

▶ 祖父は 体の 具合が 悪くて 入院しました。

▶ 地震で ビルが 倒れました。

| 動詞 　（て形） | | （～なくて） | | い形容詞 | |
|---|---|---|---|---|---|
| 洗います → | 洗って | 洗いません → | 洗わなくて | 痛い → | 痛くて |
| 飲みます → | 飲んで | 飲みません → | 飲まなくて | 遅い → | 遅くて |
| あります → | あって | *ありません → | *なくて | **な形容詞&.名詞** | |
| 食べます → | 食べて | 食べません → | 食べなくて | 便利（な） → | 便利で |
| 来ます → | 来て | 来ません → | 来なくて | 病気 → | 病気で |
| します → | して | しません → | しなくて | | |

Ⅰ 例）わたし は 愛です。

①そこ □　車 □　止めないで　ください。

②ここ □　たばこ □　吸わないで　ください。

③この車は　ガレージ □　止めても　いいですか。

④山田さんは　病気 □　入院しました。

⑤わたしは　コメット □　22世紀へ　行きたいです。

Ⅱ 例）ここに　自転車を　置きます。

　　　　→　ここに　自転車を　置かないで　ください。

①傘を　忘れます。→

②部屋の　かぎを　なくします。→

③このパソコンを　使います。→

④教科書に　答えを　書きます。→

⑤日本語で　話します。→

Ⅲ【口頭練習】

　例）ここに　自転車を　置きます。

　　　A：ここに　自転車を　置いても　いいですか。

　　　B：はい、置いても　いいです。

①窓を　閉めます。

②このお菓子を　食べます。

③ここで　パソコンを　使います。

④机の　上の　新聞を　読みます。

⑤ボールペンで　レポートを　書きます。

IV 例）

<u>入っては　いけません。</u>

①

_____

②

_____

③

_____

④

_____

Ⅴ 例）ニュースを　聞きました。びっくりしました。

　　→　ニュースを　聞いて　びっくりしました。

①家から　駅まで　走りました。疲れました。

　→

②友達と　お花見に　行きました。楽しかったです。

　→

③昔の　言葉は　難しいです。わかりません。

　→

④病気でした。学校へ　行きませんでした。

　→

Ⅵ例） あした　試験が　あります。

　　　→　今晩　勉強しなければ　なりません。

| | |
|---|---|
| 手伝います | 切符を　買います |
| 階段を　使います | 5時に　起きます |
| 薬を　飲みます | ~~今晩　勉強します~~ |

①風邪を　引きました。

　　→

②新幹線で　京都へ　行きます。

　　→

③あしたの　朝　6時に　家を　出ます。

　　→

④地震で　エレベーターが　止まりました。

　　→

⑤今日は　母の　誕生日パーティーです。

　　→

# 話しましょう

Ⅰ（病院で）

医者：風邪ですね。薬を　飲んで　ください。

患者：①今日　②おふろに　入っても　いいですか。

医者：いいえ、②おふろに　入っては　いけません。

（1）①あした　　　　　　　②学校へ　行きます

（2）①今晩　　　　　　　　②お酒を　飲みます

（3）①あしたの　朝　　　　②泳ぎます


Ⅱ

A：遅かったですね。どうしましたか。

B：①頭が　痛くて　②病院へ　行きました。

A：そうですか。

（1）①友達が　遅いです　　　②30分　待ちます

（2）①お金が　ありません　　②銀行へ　行きます

（3）①事故です　　　　　　　②電車が　遅れます


## 応用会話

（ビデオショップで）

A：新しい　ビデオが　たくさん　ありますね。

　　これが　見たいです。借りても　いいですか。

B：カードを　作らなければ　なりません。

　　名前と　住所を　ここに　書いて　ください。

A：はい。

# 20

|  |  |
|---|---|
| 好き（な）2 | 喜歡(的)，喜愛(的) |
| 嫌い（な）0 | 討厭(的)，厭惡(的) |
| 大好き（な）1 | 最喜歡(的)，最愛(的) |
| 大嫌い（な）1 | 最討厭(的) |
| 上手（な）3 | 拿手(的)，擅長(的) |
| 下手（な）2 | 拙劣(的)，不拿手(的) |
| うまい2 | 美味的；高明的 |
| 集めます4【集める3】 | 收集；集中 |
| 調べます4【調べる3】 | 查詢；調查；檢查 |
| できます3【できる2】 | 能，會；做好，完成 |
| 育てます4【育てる3】 | 養育(小孩)；種植(花草) |
| 見物します6【見物する0】 | 遊覽，觀賞 |
| ▼ | |
| 趣味1 | 嗜好，愛好 |
| ダンス1 | (西洋)舞蹈，跳舞 |
| カラオケ0 | 卡拉OK |
| ゴルフ1 | 高爾夫，高爾夫球 |
| バイオリン0 | 小提琴 |
| クラシック音楽6 | 古典音樂 |
| 水泳0 | 游泳 |
| 釣り0 | 釣魚 |
| 柔道1 | 柔道 |
| スキー2 | 滑雪；滑雪板 |
| スケート0.2 | 溜冰；冰鞋 |
| 計算0 | 計算 |
| コピー1 | 影印，拷貝 |
| 読書1 | 讀書 |
| インターネット5 | 網際網路 |
| デジタルカメラ5 | 數位相機 |
| 赤1 | 紅，紅色 |
| ピンク1 | 粉紅色 |
| 黄色0 | 黃色 |
| 花火1 | 煙火 |
| 蛇1 | 蛇 |
| ひらがな3.0 | 平假名 |
| 人形0 | 娃娃，人偶 |
| 棚0 | 架子，棚架 |
| 世界1.2 | 世界 |
| 国0 | 國家；故鄉 |
| ロシア1 | 俄羅斯 |
| ブラジル0 | 巴西 |
| 予約0 | 預約，預定 |
| ハンバーガー3 | 漢堡 |
| 中華料理4 | 中國菜 |
| 和食0 | 和食，日本菜 |
| 特許1 | 專利，專利權 |
| 許可局2 | 許可局 |
| 半分3 | 一半，二分之一 |
| ▼ | |
| こっち3 | 這個；這裡，這邊(口語) |
| そっち3 | 那個；那裡，那邊(口語) |
| あっち3 | 那個；那裡，那邊(口語) |
| どっち1 | 哪個；哪裡，哪邊(口語) |
| 特に1 | 特別，尤其 |
| 例えば2 | 例如，譬如 |
| それに0 | 而且，再加上 |

CD B-08,09

思比佳到小愛家玩，剛好小愛的父母親都在家。小愛和真理帶著思比佳參觀家裡，大家聊天時聊到了個人興趣，思比佳又再次語出驚人……

▶ 在庭院裡。

👩「愛の 家の 庭は

いつも きれいですね。

赤、ピンク、黄色、花が たくさん あります。

この花は 何ですか。」

👩「バラです。わたしは バラが 好きです。」

👩「母は 花を 育てる ことが 好きです。」

▶ 思比佳與小愛、真理走進客廳。

👩「この壁の 写真は 富士山ですか。」

👨「そうです。わたしの 趣味は 写真です。

特に 山の 写真を 撮る ことが 好きです。」

👩「いい 趣味ですね。」

👨「僕は 料理も 好きですよ。」

👩「父は 料理が 上手です。

世界の いろいろな 国の 料理を 作る ことが できます。

フランス料理や イタリア料理などです。

それに、中華料理も 作る ことが できます。」

👩「もちろん 和食も できます。」

「愛ちゃんの 趣味は 何ですか。」

「わたしの 趣味は 人形を 集める ことです。

この棚を 見て ください。

これは フランスの 人形です。この人形は 目が 青いです。

こっちは ロシアの 人形です。そっちは ブラジルのです。」

「わー、たくさん。」

「父は パイロットです。半分ぐらい 父の お土産です。」

「スピカの 趣味は？」

「わたしの 趣味は 古い 物を 集める ことです。

例えば デジタルカメラや ＤＶＤ、電子辞書や 携帯電話などです。」

「え！ ＤＶＤが 古い 物？？？ 電子辞書が 古い？？？」

①愛の お父さんは 何の 写真を 撮る ことが 好きですか。

_____

②愛の お父さんは 料理が できますか。_____

③スピカの 趣味は 何ですか。_____

# 文型

**20-1a** わたしは 犬が 好きです。

わたしは ｛みかん／映画／サッカー｝が ｛好き／嫌い｝です。

- 姉は 音楽が とても 好きです。
- 弟は ハンバーガーが 大好きです。 …⇔ 大嫌い
- 母は コーヒーが あまり 好きでは ありません。
- わたしは 蛇が 嫌いです。
- わたしは 虫が 嫌いでは ありません。

**20-1b** ワンさんは ダンスが 上手です。

チンさんは 歌が ｛上手／うまい／下手｝です。

- 先生は ピアノが 上手です。
- わたしは 英語が 下手です。
- 拓哉くんは 絵が たいへん 上手です。
- 父は ゴルフが あまり 上手では ありません。
- 兄は バイオリンが あまり うまくないです。

## 20-2 わたしは 歌を 歌う ことが 好きです。

わたしは { 絵を　　　かく / 料理を　　作る / ピアノを　弾く } ことが { 好きです。 / 嫌いです。 }

動詞辞書形＋こと

▶ 母は クラシック音楽を 聞く ことが 好きです。

▶ 父は 山に 登る ことが 好きです。

▶ 健は 映画を 見る ことが 好きです。

▶ 僕は 本を 読む ことが 嫌いです。

▶ わたしは 走る ことが あまり 好きでは ありません。

### 『僕』？？

知恵袋

「僕」是男性的自稱，例如「それは僕の本です（那是我的書）」，但通常用於談話者的身分、地位與自己相當，如同輩或晚輩時。用法上雖然比同樣是自稱的「おれ」客氣，但面對長輩、上司或是正式場合，即使是身分、地位高的男士也要用「わたくし（比「わたし」更正式的自稱）」。另外「僕」還可以當作稱呼語，用於稱呼不知姓名或初次見面的小男孩，例如：「僕、ここで遊んではいけません（小弟弟，不可以在這裡玩）」。

# 辞書形の作り方

### I 類動詞

| | |
|---|---|
| 洗います→ | 洗う |
| 走ります→ | 走る |
| 遊びます→ | 遊ぶ |
| 飲みます→ | 飲む |
| 話します→ | 話す |
| 行きます→ | 行く |
| あります→ | ある |

（い段音→う段音）

### II 類動詞

| | |
|---|---|
| 食べます→ | 食べる |
| 見ます→ | 見る |

### III 類動詞

| | |
|---|---|
| ＊来ます→ | ＊来る |
| ＊します→ | ＊する |
| 勉強します→ | 勉強する |

I 類動詞的變化
可以參考p.66表

**20-3a** わたしは　水泳（すいえい）が　できます。

わたしは　{ テニス / 日本語（にほんご） / 車（くるま）の　運転（うんてん） }　が　できます。

▶ 弟（おとうと）は　柔道（じゅうどう）が　できます。

▶ 母（はは）は　スキーも　スケートも　できません。

▶ 拓哉（たくや）くんは　難（むずか）しい　計算（けいさん）が　できます。

▶ この機械（きかい）で　コピーが　できます。

▶ インターネットで　新幹線（しんかんせん）の　予約（よやく）が　できますか。

**20-3b** わたしは　泳（およ）ぐ　ことが　できます。

わたしは　{ 車（くるま）を　運転（うんてん）する / 日本語（にほんご）を　話（はな）す / お酒（さけ）を　飲（の）む }　ことが　できます。

▶ わたしは　日本語（にほんご）の　歌（うた）を　歌（うた）う　ことが　できます。

▶ 妹（いもうと）は　ひらがなしか　書（か）く　ことが　できません。

▶ わたしは　馬（うま）に　乗（の）る　ことが　できます。

• • • • • • • • • • • • • • • • • • • • • • • • • • • • • • • • • • •

▶ あした　5時（じ）に　来（く）る　ことが　できますか。

▶ 花子（はなこ）さんは　大人（おとな）です。結婚（けっこん）する　ことが　できます。

▶ この公園（こうえん）で　花火（はなび）を　見物（けんぶつ）する　ことが　できます。

## 20-4 わたしの 趣味は 読書です。

▶ わたしの 趣味は ダンスです。

▶ わたしの 趣味は 本を 読む ことです。

▶ わたしの 趣味は 映画を 見る ことです。

▶ リーさんの 趣味は 魚を 釣る ことです。

▶ A：趣味は 何ですか。

B：スポーツです。

練習

Ⅰ 例）わたし は　愛です。

①Ａ：お父さんは　何□　好きですか。

　Ｂ：父は　日本□　お酒□　好きです。

②姉は　ピアノ□　とても　上手です。ギター□　上手です。

　でも、歌□　下手です。

③Ａ：趣味□　何ですか。

　Ｂ：たくさん　あります。

　　　特に　古い　切手□　集める　こと□　大好きです。

④空□　飛ぶ　こと□　できますか。

⑤田中さん□　足□　長いです。

Ⅱ 例）わたしは　サッカーが　（　好き　嫌い　）です。

| 例 | ① | ② | ③ | ④ | ⑤ |
|---|---|---|---|---|---|

①わたしは ＿＿＿＿＿＿＿が　（　好き　嫌い　）です。

②わたしは ＿＿＿＿＿＿＿が　（　好き　嫌い　）です。

③わたしは ＿＿＿＿＿＿＿が　（　好き　嫌い　）です。

④わたしは ＿＿＿＿＿＿＿が　（　好き　嫌い　）です。

⑤わたしは ＿＿＿＿＿＿＿が　（　好き　嫌い　）です。

III 例）わたしは　泳ぐ　ことが　好きです。

or わたしは　泳ぐ　ことが　嫌いです。

| 例 | ① | ② | ③ | ④ | ⑤ |

①_____

②_____

③_____

④_____

⑤_____

IV 例）日本の　歌を　歌います。

　　　→　日本の　歌を　歌う　ことが　できます。

①日本料理を　作ります。

　→

②ケーキを　焼きます。

　→

③この駅で　地下鉄に　乗り換えます。

　→

④この公園で　野球を　します。

　→

⑤鈴木さんは　フランス語の　本を　読みます。

　→

 話しましょう

CD B-10,11,12

Ⅰ

A：よく　①<u>カラオケ</u>へ　行きますか。

B：ええ、行きますよ。

　　わたしは　②<u>歌う</u>　ことが　好きです。

A：わたしもです。じゃあ、今度　一緒に　行きましょう。

（1）①海　　　　　　②釣りを　します
（2）①山　　　　　　②山に　登ります
（3）①美術館　　　　②絵を　見ます

Ⅱ

A：この①<u>辞書</u>で　②<u>フランス語</u>を　③<u>調べる</u>　ことが　できますか。

B：はい、できますよ。

A：今　③<u>調べても</u>　いいですか。

B：ええ、どうぞ。

（1）①ラジオ　　　　②ニュース　　　　　③聞きます
（2）①携帯電話　　　②日本へ　電話　　　③かけます
（3）①カメラ　　　　②花火　　　　　　　③撮ります

応用会話

A：これを　言う　ことが　できますか。
　　「東京特許許可局」

B：「とうきょう　とっきょ・・・」難しいです。

A：ゆっくり　言っては　いけません。

B：できませんよ。

## 21

## 単語

CD B-13

| どちら 1 | 哪個，哪樣(二者選一) |
|---|---|
| ほう 1 | (用於比較)～方面 |
| 何語 0 | 什麼語文，哪一國話 |
| いちばん 0 | 最 |
| もっと 1 | 更加，再稍微 |
| ずっと 0 | …得多，相當；一直 |
| 皆さん 2 | 各位，大家(敬稱) |
| ▼ | |
| 速い 2 | 快的，迅速的 |
| 若い 2 | 年輕的 |
| すばらしい 4 | 棒的，絕佳的 |
| 同じ 0 | 相同，一樣 |
| ▼ | |
| 大会 0 | 大會 |
| クイズ 1 | 機智問答 |
| ヒント 1 | 提示，暗示 |
| 正解 0 | 正確解答，答對 |
| ～点 | (得分)～分 |
| ～位 | (排序)～位，～名 |
| 賞品 0 | 獎品 |
| ルール 1 | 規則 |
| 表 0 | 表，表格 |
| ▼ | |
| 都会 0 | 都會，都市 |
| 田舎 0 | 鄉下 |
| 人口 0 | 人口 |

| 頑張ります 5【頑張る 3】 | 努力，奮鬥 |
|---|---|
| あげます 3【あげる 0】 | 舉起，抬起 |
| 答えます 4【答える 3,2】 | 回答 |
| 始めます 4【始める 3】 | 開始 |
| ▼ | |
| 警察署 5,0 | 警察局 |
| 食べ物 3,2 | 食物 |
| てんぷら 0 | 天婦羅 |
| ねずみ 0 | 老鼠 |
| コアラ 1 | 無尾熊 |
| カタカナ 3,2 | 片假名 |
| ▼ | |
| アジア 1 | 亞洲 |
| アフリカ 0 | 非洲 |
| チベット 2 | 西藏 |
| ネパール 2 | 尼泊爾 |
| ハワイ 1 | 夏威夷 |
| アマゾン川 3 | 亞馬遜河 |
| チョモランマ 3 | 珠穆朗瑪峰，聖母峰 |
| エベレスト 3 | 埃佛勒斯峰，聖母峰 |
| 太平洋 3 | 太平洋 |
| 大西洋 3 | 大西洋 |
| インド洋 3 | 印度洋 |
| 国境 0 | 國境 |

# 「3つの ヒントの クイズ」
## 大会

CD B-14,15

現在正要舉行兒童猜謎大會，主持人是小健和可羅娜。請你也來參與，看看能不能得到最高分。

「皆さん、
子供会クイズ大会を 始めます。
ルールの 表を 見て ください。」

ヒントを 一つだけ 聞いて 答えました。 → 30点
ヒントを 二つ 聞いて 答えました。 → 20点
ヒントを 三つ 聞いて 答えました。 → 10点

「ヒントは 全部で 3つです。
手を あげてから、答えて ください。」

「ヒント1。 ① は 太平洋より 狭いです。
インド洋より 広いです。」

「はい。大西洋。」

「すばらしい。正解です。
大西洋は 太平洋より 狭いです。
大西洋は インド洋より 広いです。拓哉くん、30点です。」

「ヒント1。 ② は 世界で いちばん 長い 川です。」

子供1「はい。信濃川です。」

「残念です。違います。
信濃川は 日本で いちばん 長い 川です。」

「ヒント2。 ② は アフリカに あります。」

子供2「はい。アマゾン川。」

子供3「はい。ナイル川。」

「健、アマゾン川と　ナイル川では　どちらが　長いですか。」

「ナイル川の　ほうが　長いです。

　　ナイル川の　人　20点です。」

「　3　は　世界で　いちばん　高い　山です。」

子供3「はい。富士山です。」

「違います。富士山は　日本で　いちばん　高い　山です。」

「ヒント2。　3　は　アジアに　あります。」

子供たち「難しいです。わかりません。」

「ヒント3。

　　　3　は　チベットと　ネパールの　国境に　あります。」

「はい。チョモランマです。」

子供4「はい。エベレストです。」

「エベレストは　チョモランマと　同じです。

　　エベレストは　英語です。チョモランマは　ネパール語です。」

「拓哉くんが　40点で　1位です。おめでとうございます。

　　賞品は　自転車です。」

# Q&A

① 太平洋（たいへいよう）と　インド洋（よう）では　どちらが　広（ひろ）いですか。

_____

② 世界（せかい）で　いちばん　長（なが）い　川（かわ）は　何（なん）ですか。

_____

③ ナイル川（がわ）と　アマゾン川（がわ）は　同（おな）じですか。

_____

④ エベレストは　どこに　ありますか。

_____

⑤ エベレストは　何語（なにご）ですか。チョモランマは　何語（なにご）ですか。

_____

## 文型

**21-1** 馬（うま）は　犬（いぬ）より　大（おお）きいです。

| この辞書（じしょ） | | その本（ほん） | | 高（たか）い | |
| 中国（ちゅうごく） | は | 日本（にほん） | より | 広（ひろ）い | です。 |
| 今日（きょう）の　テスト | | きのうの　テスト | | 簡単（かんたん） | |

▶ 飛行機（ひこうき）は　船（ふね）より　速（はや）いです。

▶ わたしの　部屋（へや）は　チンさんの　部屋（へや）より　きれいです。

▶ チンさんは　ワンさんより　若（わか）いです。

▶ 象（ぞう）は　ねずみより　ずっと　大（おお）きいです。

▶ 佐藤（さとう）さんは　田中（たなか）さんより　絵（え）が　上手（じょうず）です。

**103**

**21-2**　A：コーヒーと　紅茶では　どちら(のほう)が　好きですか。
　　　　B：コーヒーの　ほうが　好きです。

馬
新幹線
地下鉄
}と{
犬
飛行機
バス
}では　どちら(のほう)が{
大きい
速い
便利
}ですか。

馬
飛行機
地下鉄
}の　ほうが{
大きい
速い
便利
}です。

▶ A：ライオンと　コアラでは　どちら(のほう)が　強いですか。
　 B：ライオンの　ほうが　ずっと　強いです。

▶ A：都会と　田舎では　どちら(のほう)が　好きですか。
　 B：田舎の　ほうが　好きです。

▶ A：アメリカと　日本では　どちら(のほう)が　人口が　多いですか。
　 B：アメリカの　ほうが　人口が　多いです。

▶ A：鈴木さんと　林さんでは　どちら(のほう)が　背が　高いですか。
　 B：鈴木さんの　ほうが　少し　背が　高いです。

**21-3 このクラスで　鈴木君が　いちばん　背が　高いです。**

日本で {富士山 / 東京 / 大阪} が　いちばん {高い　山 / 人が　多い / にぎやか} です。

▶ わたしは　スポーツの　中で　野球が　いちばん　好きです。

▶ A：果物の　中で　何が　いちばん　好きですか。

　B：バナナが　いちばん　好きです。

▶ A：このクラスで　だれが　いちばん　日本語が　上手ですか。

　B：チンさんが　いちばん　日本語が　上手です。

▶ A：1年で　いつが　いちばん　暑いですか。

　B：8月が　いちばん　暑いです。

★スポーツの中で＿＿＿＿がいちばん好きです★

水泳、野球、サッカー、バスケットボール、テニス、バドミントン、卓球、
バレーボール、ゴルフ、ボーリング、スキー、スケート、（　　　　　）

**21-4** わたしの　パソコンは　先生<sub>せんせい</sub>の　パソコンと　同<sub>おな</sub>じです。

日本<sub>にほん</sub>の　漢字<sub>かんじ</sub>は　中国<sub>ちゅうごく</sub>の　漢字<sub>かんじ</sub>と　違<sub>ちが</sub>います。

鈴木<sub>すずき</sub>さんの　シャツ
チンさんの　誕生日<sub>たんじょうび</sub>
}は{
田中<sub>たなか</sub>さんの　シャツ
わたしの　誕生日<sub>たんじょうび</sub>
}と　同<sub>おな</sub>じです。

ひらがな
警察署<sub>けいさつしょ</sub>
}は{
カタカナ
交番<sub>こうばん</sub>
}と　違<sub>ちが</sub>います。

▶ あの人<sub>ひと</sub>の　コートは　わたしの　コートと　同<sub>おな</sub>じです。

▶ わたしの　大学<sub>だいがく</sub>は　ヨウさんの　大学<sub>だいがく</sub>と　違<sub>ちが</sub>います。

▶ 　Ａ：この本<sub>ほん</sub>は　その本<sub>ほん</sub>と　同<sub>おな</sub>じですか。

Ｂ１：はい、同<sub>おな</sub>じです。

Ｂ２：いいえ、違<sub>ちが</sub>います。（＝同<sub>おな</sub>じでは　ありません。）

I 例）わたし は　愛です。

①A：飛行機 □　新幹線 □□　どちらの　ほう □　速いですか。

　B：飛行機の　ほう □　新幹線 □□　速いです。

②スポーツ □　中 □　野球 □　いちばん　好きです。

③家族 □　中 □　兄 □　いちばん　背が　高いです。

④みかん □　オレンジ □　違います。

⑤ワンさんの　会社は　チンさん □　会社 □　同じです。

II 例）

°C

（今日 38℃・きのう 35℃）

　→ 今日は　きのうより　暑いです。

①

（馬 300kg・ねずみ 1kg）

　→

②

（新幹線 300km/h・車 80km/h）

　→

③

（佐藤さんの車　500万円）　　（鈴木さんの車　10万円）

　→

III 例）果物の　中で　何が　いちばん　好きですか。

りんごが　いちばん　好きです。

①どこへ　いちばん　行きたいですか。

②1年で　いつが　いちばん　好きですか。

③クラスで　だれが　いちばん　歌が　上手ですか。

④何が　いちばん　大切ですか。

⑤今　何が　いちばん　欲しいですか。

日本の学校はいつ始まりますか？？

知恵袋

日本學校的學年是從每年的4月開始到隔年的3月結束，在3月櫻花最美的季節舉行畢業典禮，4月舉行新生入學典禮。高中以下的學校暑假期間為7月中旬至8月下旬，大學的休假期間較長，甚至休到9月下旬。寒假則通常是12月下旬至1月上旬的兩個星期左右。至於春假，高中以下為3月下旬至4月上旬，約兩個星期；大學為2月上旬至4月上旬，長約兩個月之久。

# 話しましょう

CD B-16,17,18

Ⅰ

A：何か ①飲みませんか。

B：ええ、いいですね。

A：②コーヒーと ③紅茶では どちらの ほうが いいですか。

B：②コーヒーの ほうが いいです。

（1）①食べます ②サンドイッチ ③ピザ

（2）①聞きます ②日本の 歌 ③アメリカの 歌

（3）①します ②散歩 ③買い物

Ⅱ

A：スミスさんの ①仕事は グリーンさんの ①仕事と 同じですか。

B：いいえ、スミスさんの ①仕事は グリーンさんの ①仕事と 違います。

スミスさんは ②警官ですが、グリーンさんは ③医者です。

（1）①大学 ②渋谷大学 ③さくら大学

（2）①国 ②アメリカ ③イギリス

（3）①休み ②日曜日 ③月曜口

## 応用会話

A：日本の 食べ物の 中で 何が いちばん 好きですか。

B：おすしが いちばん 好きです。

A：そうですか。てんぷらは どうですか。

B：てんぷらは あまり 好きでは ありません。

❥ 小愛請思比佳吃她親手製作的三明治。

「今朝 サンドイッチを 作りました。
　どうぞ。」

「わあ、ありがとう。
　・・・おいしい。
　愛は 料理が 上手ですね。」

「いいえ、母ほど 上手では ありません。
　もっと 勉強しなければ なりません。」

「わたしもです。おいしい 料理が 作りたいです。」

「頑張りましょう。」

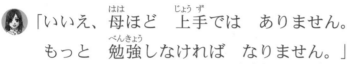

## 21-5 日本は アメリカほど 広くありません。

ライオンは ぞうほど { 大きく / 重く } ありません。

佐藤さんは 鈴木さんほど { 元気 / 親切 } では ありません。

▶ ハワイは 日本ほど 寒くありません。
▶ きのうは 今日ほど 暇では ありませんでした。
▶ わたしは 妹ほど 歌が 上手では ありません。

| | | | |
|---|---|---|---|
| 早い₂ | 早的 | 未来₁ | 未來 |
| 近い₂ | 近的，接近的 | 俳優₀ | 演員 |
| 健康(な)₀ | 健康(的) | 演技₁ | 表演，演技 |
| 着きます₃【着く₁,₂】 | 到達 | 声₁ | (人或動物的)聲音 |
| 見つけます₄【見つける₀】 | 找出，發現 | ▼ | |
| なります₃【なる₁】 | 變成，成爲 | 砂糖₂ | 糖，砂糖 |
| 鳴ります₃【鳴る₀】 | (音)鳴，響起 | 氷₀ | 冰塊 |
| 間に合います₅ | 趕得上，來得及 | コーラ₁ | 可樂 |
| 【間に合う₃】 | | ハンバーグ₃ | 漢堡(牛)肉餅 |
| 片付けます₅【片付ける₄】 | 收拾，清理 | 牛肉₀ | 牛肉 |
| ▼ | | 豚肉₀ | 豬肉 |
| 四季₂,₁ | 四季 | ▼ | |
| 春₁ | 春天 | もうすこし₄ | 再稍微，再一些 |
| 夏₂ | 夏天 | | |
| 秋₁ | 秋天 | | |
| 冬₂ | 冬天 | | |
| 台風₃ | 颱風 | | |
| 休講₀ | 停課 | | |
| ▼ | | | |
| 改札口₄ | 剪票口 | | |
| クーラー₁ | 冷氣機 | | |
| 故障₀ | 故障 | | |
| 温泉₀ | 溫泉 | | |
| 美容院₂ | 美容院 | | |
| 幼稚園₃ | 幼稚園 | | |

CD B-22,23

手機是現代不可或缺的溝通工具，未來的手機會有什麼不一樣，令人好奇。思比佳的22世紀手機，除了兼具手錶與通話機能之外，還有一項神奇的功能喔……

大学の 授業が 終わりました。

「愛、ちょっと お茶を 飲みませんか。
安くて おいしい ケーキ屋を 見つけました。
そのケーキ屋は ちょっと 遠いですが、
ケーキは とても おいしいですよ。」

「ごめんなさい。約束が あります。
パパと 一緒に デパートへ 行きます。
3時に 駅の 改札口で 会います。」

「大丈夫です。お父さんは 遅く なります。」

「えっ！？」

「これを 見て ください。」

鈴木一朗さんは 2時半の 電車に 乗ります。
その電車は 故障で 1時間 動きません。
4時に 駅に 着きます。

またね：再見(口語)

## Q&A

①愛は　だれと　約束を　しましたか。＿＿＿＿＿＿＿＿＿＿＿＿

②愛の　お父さんは　バスに　乗りましたか。＿＿＿＿＿＿＿＿＿＿＿＿

③スピカは　いつも　この時計を　見ますか。＿＿＿＿＿＿＿＿＿＿＿＿

④愛の　お父さんは　何時に　駅に　着きますか。＿＿＿＿＿＿＿＿＿＿＿＿

## 文型

22-1
A：あなたの　部屋は　どうですか。
B1：狭くて　汚いです。
B2：きれいで　広いです。

▶ この木は　太くて　丈夫です。

▶ 中村さんは　静かで　優しい　人です。

▶ きのうは　風が　強くて　寒かったです。

▶ あの美容院は　駅から　近くて　便利です。

▶ あの俳優は　声が　よくて　演技も　上手です。

**e 研講座**

### きれいで広いです

「きれい(＋)」和「広い(＋)」都是正面的形容詞，所以「きれいな部屋」與「広い部屋」可以合併成「きれいで広い部屋」或是「広くてきれいな部屋」。但如果是「きれい(＋)」卻「狭い(一)」時，則不能合併為「(×)きれいで狭い部屋」或「(×)狭くてきれいな部屋」。也就是說，形容同一件事物時，必須是「＋＋」或「－－」才能合併，不可以是「＋－」或「－＋」。例如：「(○)わたしの部屋は広くてきれいです」「(○)わたしの部屋は狭くて汚いです」是O.K.的；但「(×)わたしの部屋は広くて汚いです」「(×)わたしの部屋は狭くてきれいです」則是錯誤句。

## 22-2 田中さんは 行きますが、佐藤さんは 行きません。

- ▶ 姉は 日本語は 上手ですが、英語は 下手です。
- ▶ わたしは 牛肉は 食べますが、豚肉は 食べません。
- ▶ その荷物は 重いですが、このかばんは 軽いです。
- ▶ あした 父は 山田さんには 会いますが、鈴木さんには 会いません。
- ▶ わたしは 韓国へは 行きましたが、日本へは 行きませんでした。
- ▶ わたしは 海では 泳ぎますが、川では 泳ぎません。

## 22-3 字を 大きく 書きます。
## 字を きれいに 書きます。

- ▶ わたしは 朝 早く 起きます。
- ▶ 兄は 毎晩 遅く 寝ます。
- ▶ ハンバーグを おいしく 作ります。
- ▶ 母は 部屋を きれいに 掃除します。
- ▶ 姉は ピアノを 上手に 弾きます。

## 22-4 教室が　静かに　なります。

- 電気を　つけます。部屋が　明るく　なります。
- 12月です。冬に　なります。
- だんだん　暑く　なります。
- 毎日　運動して　健康に　なりました。
- 台風で　庭が　汚く　なりました。

四季

春・夏・秋・冬

## 22-5 教室を　きれいに　します。

- クーラーを　つけます。部屋を　涼しく　します。
- 部屋を　明るく　して　ください。
- 次の　テストは　もう　少し　簡単に　します。
- 静かに　して　ください。
- 来週は　休講に　します。
- 砂糖を　入れて、コーヒーを　甘く　します。

変化

氷を　入れます。
- コーラを　冷たく　します。

氷を　入れました。
- コーラが　冷たく　なりました。

**練習**

Ⅰ 例）わたし は 愛です。

① 愛は やさしく □ 親切です。

そして、スピカは 元気 □ 明るいです。

② 図書室で 静か □ 勉強します。

③ A：どこ □ 名前 □ 書きますか。

B：ここ □ 名前 □ 大きく 書いて ください。

④ 机 □ 上を きれい □ して ください。

⑤ テレビ □ 音 □ 大きく しても いいですか。


Ⅱ 例）お父さんは どんな 人ですか。（優しいです。明るいです。）

→ 優しくて 明るい 人です。

① どんな 電子辞書が 欲しいですか。（簡単です。小さいです。）

→

② 新しい 部屋は どうですか。（駅から 遠いです。不便です。）

→

③ どんな 先生ですか。（親切です。優しいです。）

→


Ⅲ 例）部屋を 掃除します。（きれいです）

→ 部屋を きれいに 掃除します。

① 日本語を 話す ことが できます。（上手です）

→

② 毎晩 寝ます。（遅いです）

→

③ チンさん、口を 開けて ください。（大きいです）

→

Ⅳ例）コーヒーに　砂糖を　たくさん　入れました。（甘いです）
　　　→　甘く　なりました。

①きのうは　誕生日でした。（20歳です）

　　→

②ビールを　飲みました。（顔が　赤いです）

　　→

③水で　手を　洗いました。（手が　冷たいです）

　　→

④毎日　練習しました。（ギターが　上手です）

　　→


Ⅴ例）恵美ちゃんは　来年　3歳に　（なります・します）。
①掃除を　して　部屋を　きれいに　（なります・します）。
②日本語の　勉強が　楽しく　（なりました・しました）。
③わたしは　動物の　医者に　（なりたいです・したいです）。
④美容院へ　行って　髪を　きれいに　（なります・します）。
⑤お母さんと　掃除して　部屋が　きれいに　（なりました・しました）。

## 話しましょう

CD B-24,25,26

Ⅰ

A：夏休みは　どこへ　行きましたか。

B：①北海道へ　行きました。

A：どうでしたか。

B：②広くて　③きれいでした。

（1）①東京　　②人が　多い　　　③にぎやか

（2）①沖縄　　②天気が　いい　　③海が　きれい

（3）①温泉　　②料理が　おいしい　③楽しい


Ⅱ

A：①暑く　なりましたね。

B：そうですね。②クーラーを　つけましょうか。

A：ありがとうございます。③涼しく　なりました。

（1）①暗い　　　②電気を　つけます　　　③明るい

（2）①寒い　　　②窓を　閉めます　　　　③暖かい

（3）①狭い　　　②この荷物を　片付けます　③広い


### 応用会話

A：中村さんの　部屋は　広くて　きれいですね。

B：ありがとうございます。

　　きのう　掃除を　して　きれいに　しました。

A：隣は　幼稚園ですか。

B：はい、そうです。日曜日は　静かです。

　　でも、月曜日からは　にぎやかに　なります。

| | | | | |
|---|---|---|---|---|
| 踊ります4【踊る0】 | 跳舞 | プール1 | 游泳池 |
| 飼います3【飼う1】 | 飼養 | ラグビー1 | 橄欖球 |
| かぶります4【かぶる2】 | 戴(帽子等) | ジョギング0 | 慢跑 |
| 知ります3【知る0】 | 認識；知道 | ▼ | |
| 住みます3【住む1】 | 住，居住 | 辛い2 | 辣的 |
| 持ちます3【持つ1】 | 拿；攜帶；擁有 | 柔らかい4 | 柔軟的 |
| はきます3【はく0】 | 穿(褲、裙、鞋、襪) | 子0 | 兒女；小孩，孩童 |
| 降ります3【降る1】 | 降，下(雨、雪等) | | |
| かけます3【かける2】 | 戴，戴上(眼鏡) | | |
| 勤めます4【勤める3】 | 任職，服務 | | |
| 留学します6 | 留學 | | |
| 【留学する0】 | | | |

▼

| | |
|---|---|
| 半袖0,4 | 短袖 |
| 帽子0 | 帽子 |
| ズボン2,1 | 褲子 |
| おなか0 | 肚子 |
| 夕ごはん3 | 晚飯 |
| 資料1 | 資料 |
| 番号3 | 號碼 |

▼

| | |
|---|---|
| カナダ1 | 加拿大 |
| 旅2 | 旅行 |
| 客室0 | (旅客乘坐的)機艙 |
| 乗務員3 | 乘務員，服務員 |
| 座席0 | 座位，席位 |
| エンジン1 | 引擎，發動機 |
| チャンネル0,1 | 頻道 |

# 第 23 課 「はじめての 空の 旅」

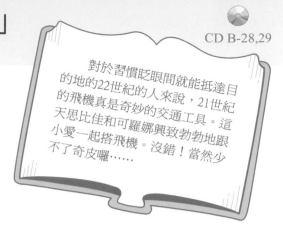

CD B-28,29

對於習慣眨眼間就能抵達目的地的22世紀的人來說，21世紀的飛機真是奇妙的交通工具。這天思比佳和可羅娜興致勃勃地跟小愛一起搭飛機。沒錯！當然少不了奇皮囉……

「これが 100年前の 飛行機ですね。
エンジンの 音が 大きいです。
愛ちゃん、あの人は だれですか。」

「あの人は 客室乗務員です。
いつも ここで 働いて います。」

「ロボットですか。」

「いいえ。」

「100年前の 飛行機に 客室ロボットは いません。」

「愛ちゃんの 前の 人は テレビを 見て いますね。
何を 見て いますか。」

「ニュースを 見て います。
これが 映画の チャンネルです。
いろいろな 映画を 見ることが できます。
音楽の チャンネルも あります。」

「２１世紀の 飛行機は
ゆっくり 飛びますね。
２２世紀の 飛行機は
すぐ 着きます。
食事や 映画の 時間は
ありません。」

**123**

食事が 始まりました。

チッピーも かばんから 出て、座席に 座って います。

そして、いろいろな 物を 食べて います。

「これは 甘いです。これは ちょっと 辛いです。

　これは 冷たいです。これは 熱いです。・・・・・・」

愛たちの 食事は 終わりましたが、チッピーは 食べて います。

「これは 柔らかいです。これは きれいです。

　飛行機の 食べ物は とても おいしいです。」

「乗務員が 食事を 片付けて います。こっちへ 来ます。」

「チッピー、早く かばんに 入って ください。

　２１世紀では 犬は 客室に 入る ことが できません。」

「スピカさん、困りました。

　おなかが 大きく なりました。

　このかばんは 小さいです。」

①チッピーは どこに いましたか。 ＿＿＿＿＿＿＿＿＿＿＿＿＿＿＿＿

②この飛行機の 客室乗務員は ロボットですか。

＿＿＿＿＿＿＿＿＿＿＿＿＿＿＿＿＿＿＿＿＿＿＿＿＿＿＿＿＿＿＿＿

③愛の 前の 人は 何を 見て いますか。

＿＿＿＿＿＿＿＿＿＿＿＿＿＿＿＿＿＿＿＿＿＿＿＿＿＿＿＿＿＿＿＿

④２２世紀の 飛行機では 食事や 映画の 時間は ありますか。

＿＿＿＿＿＿＿＿＿＿＿＿＿＿＿＿＿＿＿＿＿＿＿＿＿＿＿＿＿＿＿＿

⑤２１世紀の 飛行機では 犬は 客室に いますか。

＿＿＿＿＿＿＿＿＿＿＿＿＿＿＿＿＿＿＿＿＿＿＿＿＿＿＿＿＿＿＿＿

## 文型

**23-1** ワンさんは　今　クッキーを　食べて　います。

▶ 今　佐藤さんは　資料を　コピーして　います。

▶ リーさんと　山本さんが　一緒に　踊って　います。

▶ プールで　子供たちが　泳いで　います。

▶ A：ゆうべ　9時ごろ　何を　して　いましたか。

　B：テレビを　見て　いました。

▶ A：今　雨が　降って　いますか。

　B：いいえ、降って　いません。

## 23-2 わたしは 毎朝 ニュースを 見て います。

▶ 毎日 ジョギングを して います。

▶ 毎晩 ラジオの 英会話を 聞いて います。

▶ 毎週 土曜日に 絵を 習って います。

▶ 父は 銀行に 勤めて います。

▶ A：休みの 日は 何を して いますか。

　　B：たいてい テニスを して います。

「スチュワーデス」から「客室乗務員」？？

「スチュワーデス（空中小姐）」一向是年輕女性憧憬的行業，
不過和「看護婦（女護士）」一樣，為了消彌性別差異，這個字
在日文中已經漸漸消失，取而代之的是「客室乗務員」，或是用片假名標
示英文的「フライト・アテンダント（flight attendant）」「キャビン・アテンダント（cabin
attendant）」，譯成中文即是空中服務員、機艙服務員的意思。

## 23-3 リーさんは 結婚して います。

- ▶ わたしは パソコンを 持って います。
- ▶ 母は 病気です。入院して います。
- ▶ 父は アメリカへ 行って います。
- ▶ わたしは 猫を 飼って います。
- ▶ 学校の 住所と 電話番号を 覚えて いますか。
- ▶ 祖母は 田舎に 住んで います。

**に？　で？**

### e研講座

- ・中山さんは デパートに 勤めて います。
- ・中山さんは デパートで 働いて います。
- ・中山さんは デパートで 仕事して います。
- ・中山さんは 東京に 住んで います。
- ・中山さんは 東京で 生活して います。
- ・中山さんは 東京で 暮して います。

⇒ 即使是類義字，動作性強的動詞用「で」；屬性強的動詞用「に」。

## 23-4　田中さんは　眼鏡を　かけて　います。

▶ わたしは　白い　ブラウスを　着て　います。

▶ リーさんは　半袖の　シャツを　着て　います。

▶ ヨウさんは　赤い　ズボンを　はいて　います。

▶ 田中さんは　黒い　靴を　はいて　います。

▶ サイさんは　きれいな　指輪を　して　います。

▶ ワンさんは　帽子を　かぶって　います。

搭配記憶
最有效率！

| 帽子を　かぶります。　←→　帽子を　脱ぎます。 | | | |
|---|---|---|---|
| 帽子 | | かぶります | |
| 上着<br>洋服<br>服<br>ワイシャツ<br>シャツ<br>セーター<br>コート<br>背広 | を | 着ます | 脱ぎます |
| スカート<br>ズボン<br>靴下<br>靴<br>スリッパ | | はきます | |
| 眼鏡 | を | かけます | 外します<br>（取ります） |
| ネクタイ | | 締めます | |
| 時計 | | します | |

Ⅰ 例）わたし は 愛です。

①あの人 □　 だれですか。

②このいす □　 座って　ください。

③飛行機 □　 乗って　います。

④山本さんは　アメリカ □　 住んで　います。

⑤わたしは　犬 □　 3匹　飼って　います。

Ⅱ 例）田中さんは　ワイシャツを　着て　います。

田中さん

①

②

③

④

⑤

Ⅲ例）映画を　見ます。

→　映画を　見て　います。

①歌を　歌います。

→

②車を　運転します。

→

③先生が　写真を　撮ります。

→

④子供と　犬が　遊びます。

→

⑤みんなで　昼ごはんを　食べます。

→

⑥毎朝　コーヒーを　飲みます。

→

⑦毎日　散歩します。

→

⑧いつも　電車の　中で　音楽を　聞きます。

→

⑨桜が　咲きます。

→

⑩友達が　入院します。

→

# 話しましょう

CD B-30,31,32

Ⅰ

A：毎日 ①運動を して いますか。

B：はい、②毎朝 ③犬の 散歩を して います。

A：そうですか。いいですね。

（1）①日本語の 勉強 ②毎日 ③日本の 新聞を 読みます
（2）①料理 ②毎晩 ③夕ごはんを 作ります
（3）①ラグビーの 練習 ②毎朝 ③公園で 走ります

Ⅱ

A：①お父さんは ②家に いますか。

B：いいえ、今 ③会社へ 行って います。

（1）①お母さん ②台所 ③庭で 掃除を します
（2）①お兄さん ②日本 ③カナダへ 留学します
（3）①おばあさん ②部屋 ③病院に 入院します

## 応用会話

母：もしもし、和也くんですか。

子：お母さん、今 どこに いますか。

母：デパートですよ。買い物を して います。
　　久美ちゃんは 何を して いますか。

子：ベッドで お昼寝を して います。

母：お父さんは 何を して いますか。

子：庭で ゴルフの 練習を して います。

母：そう、ありがとう。これから 帰ります。

子：お土産を お願いします。

そう：是嗎？這樣啊
（比「そうですか」更口語的説法）

🔘 CD B-33,34

● 思比佳忽然問起小愛一件事。

👤「愛、
　　桜田利男さんを　知って　いますか。」

👤「もちろん。
　　拓哉くんの　お父さんですよ。」

👤「わたしは　ぜひ　桜田さんに　会って、
　　握手したいです。」

👤「？？？」

👤「桜田さんの　写真が　わたしたちの　教科書に　あります。
　　世界で　いちばん　大きい　車の　会社を　作りました。
　　とても　有名な　人ですよ。」

👤「？！？！？！」

**23-5**　A：鈴木さんの　住所を　知って　いますか。
　　　　　B1：はい、知って　います。
　　　　　B2：いいえ、知りません。

▶ わたしは　あの人の　名前を　知って　います。

▶ 母は　先生の　電話番号を　知りません。

▶ A：わたしの　父を　知って　いますか。
　　B：いいえ、知りません。

▶ A：この歌を　知って　いますか。
　　B：はい、知って　います。

## 24

# 単語

| | | | | |
|---|---|---|---|---|
| もう₁ | 已經 | | ガム₁ | 口香糖 |
| まだ₁ | 尚，還 | | しょうせつ 小説₀ | 小說 |
| ～ながら | 邊～邊… | | ぜんぺん 前編₀ | 前篇 |
| ▼ | | | こうへん 後編₀ | 後篇 |
| かよ 通います₄【通う₀】 | 往來，定期往返 | | じゅんび 準備₁ | 準備 |

| | |
|---|---|
| かよ 通います₄【通う₀】 | 往來，定期往返 |
| かみます₃【かむ₁】 | 咬；嚼 |
| き 決まります₄【決まる₀】 | 定，決定 |
| つづ 続きます₄【続く₀】 | 繼續，連續；相連 |
| と 取ります₃【取る₁】 | 拿，取 |
| な 泣きます₃【泣く₀】 | 哭，哭泣 |
| ぬ 脱ぎます₃【脱ぐ₁】 | 脫掉 |
| ぬす 盗みます₄【盗む₂】 | 偷竊 |
| むか 迎えます₄【迎える₀】 | 迎接 |
| わら 笑います₄【笑う₀】 | 笑 |
| たす 助けます₄【助ける₃】 | 救助；幫助 |
| み 見せます₃【見せる₂】 | 給(人)看 |
| ▼ | |
| くうこう 空港₀ | 機場 |
| てちょう 手帳₀ | 手冊，記事本 |
| せいふく 制服₀ | 制服 |
| わす もの 忘れ物₀ | 忘記帶的東西 |
| おまわりさん₂ | 警察先生 |
| りょうしん 両親₁ | 雙親，父母 |
| アナウンサー₃ | 廣播員，播報員 |

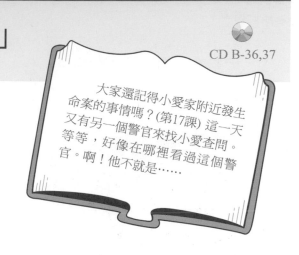

大家還記得小愛家附近發生命案的事情嗎？(第17課) 這一天又有另一個警官來找小愛查問。等等，好像在哪裡看過這個警官。啊！他不就是……

愛は　家で　テレビを　見て　いました。
あい　　いえ　　　　　　み

♪ ピンポーン ♪

「はい。」

「警察です。
けいさつ
　　もう　一度　話が　聞きたいです。」
　　　　いちど　はなし　き

「公園の　殺人事件の　話ですね。
こうえん　さつじんじけん　はなし
　　今　開けます。」
　　いま　あ

愛は　ドアを　開けました。
あい　　　　あ
警官は　家に　入りました。
けいかん　いえ　はい

「もう　犯人を　捕まえましたか。」
　　　はんにん　つか

「まだです。まだ　捕まえて　いません。
　　　　　　　　つか
　　あの日の　朝　あなたは　男の人を　見ましたね。
　　　ひ　　あさ　　　　　おとこ ひと　　み
　　覚えて　いますか。」
　　おぼ

「はい。男の人は　背が　高かったです。
　　　おとこ ひと　せ　たか
　　おまわりさんと　同じでした。
　　　　　　　　おな
　　男の人の　髪は　おまわりさんより　少し　短かったです。」
　　おとこ ひと　かみ　　　　　　　　　すこ　みじか

「そうですか。今　家に　だれか　いますか。
　　　　　　いま いえ
　　家の　人の　話も　聞きたいです。」
　　いえ　ひと　はなし　き

「だれも　いません。
　　父と　母は　仕事に　行きました。
　　ちち　はは　しごと　い
　　弟は　図書館へ　勉強しに　行きました。
　　おとうと　としょかん　べんきょう　　い
　　いつも　6時まで　図書館で　勉強して　います。」
　　　　じ　　としょかん　べんきょう

それを　聞いて　警官は　ちょっと　笑いました。
部屋の　テレビが　ニュースの　時間に　なりました。

アナウンサーの　声です。
「先月の　殺人事件の　犯人は
警官の　制服を　盗んで、逃げました。
犯人は　警官の　制服を　着て　います。
でも、警察手帳を　持って　いません。」

愛は　驚いて　警官を　見ました。

「おまわりさん、警察手帳を　見せて　ください。」

警官は　笑いながら　帽子を　脱ぎました。

「あなたは　あの男の人です！　あなたが　犯人ですね。」

「フフフ。」

【「後編」に続く】

フフフ：（令人毛骨悚然的笑聲）嘿嘿嘿

①愛は 家で 何を して いましたか。

_____

②健は どこに いましたか。

_____

③家には だれか いましたか。

_____

④いつ 殺人事件が ありましたか。

_____

⑤殺人事件の 犯人は 何を 着て いましたか。

_____

⑥犯人は 愛に 警察手帳を 見せましたか。

_____

⑦もう 犯人を 捕まえましたか。

_____

**24-1**

A：<u>もう</u> 田中さんは 帰りましたか。

B1：ええ、<u>もう</u> 帰りました。

B2：いいえ、<u>まだ</u> 帰って いません。学校に います。

▶ A：もう 薬を 飲みましたか。

　B：はい、もう 飲みました。

▶ A：もう この言葉は 習いましたか。

　B：いいえ、まだ 習って いません。

▶ A：もう 宿題は 終わりましたか。

　B：まだです。まだ 宿題は 終わって いません。

▶ 　A：もう 5時に なりましたか。

　B1：はい、もう なりました。

　B2：いいえ、まだ 5時に なって いません。

★ 完了 ★

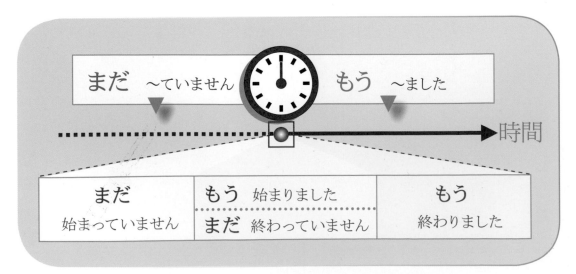

**24-2**

A：<u>まだ</u> 雨が 降って いますか。

B1：<u>まだ</u> 降って います。

B2：<u>もう</u> 降って いません。

▶ A：赤ちゃんは まだ 寝て いますか。

B1：まだ 寝て います。

B2：もう 起きました。（＝もう 寝て いません。）

▶ A：大丈夫ですか。まだ 痛いですか。

B1：まだ 痛いです。

B2：もう 痛くないです。

▶ A：先生は まだ 学校に いますか。

B：もう 帰りました。（＝もう 学校に いません。）

▶ A：暑いですね。

B：窓を 開けますね。・・・・まだ 暑いですか。

A：もう 大丈夫です。ありがとうございます。

もう 降っていません

まだ 降っています

## 24-3 あした　新宿へ　映画を　見に　行きます。

わたしは　日本へ　日本語を　勉強し
男の子は　公園へ　遊び
　　　　　空港へ　両親を　迎え
｝に　行きます。

母は　デパートへ　買い物
チンさんは　大阪へ　見物
｝に　行きます。

▶ フランスへ　料理を　習いに　行きます。

▶ 姉は　喫茶店へ　友達に　会いに　行きます。

▶ A：ここへ　何を　しに　来ましたか。
　 B：相談に　来ました。

▶ わたしは　家へ　忘れ物を　取りに　帰りました。

**24-4** 山田さんは テレビを 見ながら、ごはんを 食べます。

歌い  
お茶を 飲み ⎫ ながら、⎧ 歩きます。  
ガムを かみ ⎭      ⎨ 仕事を します。  
            ⎩ 野球を します。

▶ 泣きながら、映画を 見て います。

▶ アイスクリームを 食べながら、歩かないで ください。

・・・・・・・・・・・・・・・・・・・・・・・・・・・・

▶ 兄は 働きながら、大学に 通って います。

▶ 日本語を 教えながら、小説を 書いて います。

**e 研講座**

### 〜ながら

「Aながら B」是指同時進行兩種動作或行為，其中，B 為主要動作或行為。例如「(○)ガムをかみながら、野球をします」→「打棒球」和「嚼口香糖」，常理上多半認為打球為主，嚼口香糖只是附帶做的事，所以 B 是「打棒球」，A 是「嚼口香糖」，不會寫成「(×)野球をしながら、ガムをかみます」。又比如「(○)辞書を引きながら、英語の新聞を読みます」→「讀英文報紙」跟「查字典」，前者是目的，後者是輔助，同理，這個句子也不會作「(×)英語の新聞を読みながら、辞書を引きます」。

日本語大好き

Ⅰ 例）わたし は 愛です。

①デパートへ 何□ 買い□ 行きますか。

②先生の 家へ お茶□ 習い□ 行きました。

③台所□ ラジオを 聞きながら、料理□ します。

④電話□ かけながら、運転して□ いけません。

⑤もう 12時□ なりましたか。


Ⅱ 例）もう 昼ごはんを 食べましたか。

　　　　→ はい、もう 食べました。

　　　　→ いいえ、まだ 食べて いません。

①もう 宿題を 出しましたか。（はい）

　　→

②もう 薬を 飲みましたか。（いいえ）

　　→

③もう 新しい CDを 買いましたか。（はい）

　　→

④もう レストランの 予約を しましたか。（はい）

　　→

⑤もう 飛行機の 切符を 買いましたか。（いいえ）

　　→


Ⅲ 例）（1月・北海道・スキーを します）

　　　　→ 1月に 北海道へ スキーを しに 行きます。

①（来年・フランス・音楽の 勉強を します）

　　→

② （今晩・銀座・飲みます）

　→

③ （きのう・カラオケ・歌います）

　→

④ （4月・日本・日本語の　勉強を　します）

　→


Ⅳ　例）　たばこを　吸います。お酒を　飲みます。

　　　　→　たばこを　吸いながら、お酒を　飲みます。

①辞書を　引きます。英語の　新聞を　読みます。

　→

②本を　読みます。友達を　待ちます。

　→

③友達と　話します。公園を　散歩しました。

　→

④歌を　歌います。おふろに　入ります。

　→

⑤桜を　見ます。みんなで　お弁当を　食べました。

　→

## 話しましょう

CD B-38,39,40

Ⅰ

A：これから　①新宿へ　②映画を　見に　行きます。
　　　一緒に　行きませんか。

B：いいですね。行きましょう。

（1）①美術館　　　　②有名な　絵を　見ます
（2）①喫茶店　　　　②お茶を　飲みます
（3）①上野　　　　　②お土産を　買います

Ⅱ

A：①会議は　もう　②始まりましたか。

B：まだです。③午後7時から　④始まります。

A：そうですか。大変ですね。

（1）①試験　　　　　　　　②終わります　③あした　④始まります
（2）①新しい　家　　　　　②決まります　③来週　　④探します
（3）①パーティーの　準備　②終わります　③今　　　④料理を　作ります

### 応用会話

A：北海道の　桜は　咲きましたか。

B：いいえ、まだです。
　　まだ　咲いて　いません。
　　東京は　どうですか。

A：東京の　桜は　もう　咲きました。
　　今度の　日曜日に　お花見に　行きます。

B：いいですね。

家には　だれも　いません。
愛は　怖く　なりました。愛は　目を　閉じました。

　♪ ピンポーン ♪♪ ピンポーン　ピンポーン ♪

だれかが　玄関に　います。
愛は　目を　開けて　大きい　声で　言いました。

 「たすけて〜！」

スピカと　警官が　ドアを　開けて、中に　入りました。
警官が　犯人を　捕まえました。

「愛、大丈夫ですか。」
「怖かったです。スピカ、ありがとう。

　スピカと　おまわりさんが　来て　びっくりしました。」
「愛、わたしの　時計を　見て　ください。」

愛ちゃんが　危ないです。
すぐ　警官と　一緒に
愛ちゃんの　家へ
行って　ください。

# さくいん
# 索引

（註：外來語後以＜＞標示語源出處，未標明國名者表示源自英語。）

ほ じゅう ご い
# 補 充 語 彙（補充單字）

**L 14**

*p25* 白髪$_3$ しら が（白頭髮）

にんにく$_0$（大蒜）

に お
匂い$_2$（氣味，味道）

よう じ
用事$_0$（要事，事情）

やくそく
約束$_0$（約定）

じ しん
地震$_0$（地震）

*p26* ブランデー$_{0,2}$（白蘭地 <brandy>）

ウイスキー$_{3,2}$（威士忌 <whisky>）

せいしゅ
清酒$_0$（日本清酒）

カクテル$_1$（雞尾酒 <cocktail>）

**L 15**

*p33* にゅうえん
入園します$_6$【入園する$_0$】（上幼稚園）

そつ えん
卒園します$_6$【卒園する$_0$】（幼稚園畢業）

にゅういん
入院します$_6$【入院する$_0$】（住院）

たいいん
退院します$_6$【退院する$_0$】（出院）

にゅうしゃ
入社します$_6$【入社する$_0$】（進公司工作）

たいしょく
退職します$_6$【退職する$_0$】（退職，退休）

にゅうかい
入会します$_6$【入会する$_0$】（入會）

たいかい
退会します$_6$【退会する$_0$】（退會）

**L 16**

*p45* こうつう き かん
交通機関$_5$（交通工具）

トラック$_2$（卡車 <track>）

オートバイ$_3$（摩托車 <auto+bicycle>）

**L 19**

*p79* きんし
禁止マーク$_4$（禁止標誌 <禁止+mark>）

たちいりきんし
立入禁止$_0$（禁止入內）

ちゅうしゃきんし
駐車禁止$_0$（禁止停車）

きんえん
禁煙$_0$（禁煙）

さつえいきんし
撮影禁止$_0$（禁止攝影）

ゆうえいきんし
遊泳禁止$_0$（禁止游泳）

し ようきんし
使用禁止$_0$（禁止使用）

**L 21**

*p105* バスケットボール$_6$（籃球 <basketball>）

バドミントン$_3$（羽毛球 <badminton>）

たっきゅう
卓球$_0$（桌球）

ボーリング$_0$（保齡球 <bowling>）

**L 23**

*p128* ぬ
脱ぎます$_3$【脱ぐ$_1$】（脱掉）

ようふく
洋服$_0$（西服，洋裝）

ふく
服$_2$（衣服）

スリッパ$_{1,2}$（拖鞋 <slipper>）

し
締めます$_3$【締める$_2$】（繫緊，綁緊）

はず
外します$_4$【外す$_0$】（拿掉，解下）

と
取ります$_3$【取る$_1$】（拿掉，取下）

**監修**

e日本語教育研究所代表、淑徳大学准教授　白寄まゆみ

**著者**

e日本語教育研究所

林 隆子・森本礼子・太田絢子・矢次 純 ・藤井節子

中里徹哉・桜井敏夫・林瑞景

**CD録音**

元NHKアナウンサー：瀬田光彦

聲優：伊藤香絵（愛）

宮本春香（スピカ）

明田祐季

**・・・・・・・・・・・・・・・・・・・・・・・・・・・・・・・・・・・・・・・・・・・・・・・・・・・**

e日本語教育研究所

http://www.enihongo.org

日檢獨家　史上最強

**檢單**根據《日本語能力試驗 出題基準》
收錄**最新**、**最完整**的單字與短句，
別本書找不到的，我們日檢字庫通通有！

● 日語能力檢定系列 **檢　單**

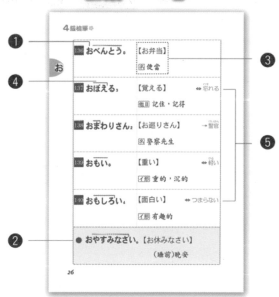

4級檢單 ※

**①**

❶ おべんとう。【お弁当】　**③**
　　名 便當

**④**

❶ おぼえる₂【覚える】　⇔忘れる
　　他II 記住・記得

❶ おまわりさん₂【お巡りさん】　→警官
　　名 警察先生　**⑤**

❶ おもい。【重い】　⇔軽い
　　イ形 重的・沉的

❶ おもしろい₄【面白い】　⇔つまらない
　　イ形 有趣的

**②**

● おやすみなさい。【お休みなさい】
　　（睡前）晚安

26

### 本書特色

**1 必背單字**：完全根據《出題基準》編纂，收錄之字數絕無遺漏。

**2 必背詞句**：首開先例，同步將《出題基準》揭示之日常短句完整收錄。 獨家

**3 匠心編排**：套色編排重點分明，漢字、外來語源、詞性標示一清二楚。

**4 加注重音**：字音與字形、字義同時記憶，字彙認知一次到位。

**5 補充豐富**：「類義」「對義」「關聯」觸類旁通，學習效果事半功倍。 獨家

隨身書輕巧設計
讓你走到哪背到哪！

日語動詞的變化，是否讓你永遠搞不清楚？
什麼是五段動詞？
什麼是上下一段動詞？
跟第I類、第II類動詞有何不同？
為什麼有些書上教的變化方式，
跟老師教的不一樣？

# 口訣式
## 日語動詞

一本解決所有日語學習者一切疑惑的
動詞文法教材！

## 本書特色

*1* 每項規則皆搭配口訣，讓你朗朗上口輕鬆記憶。

*2* 各變化形搭配五十音表來解說，理解無障礙。

*3* 整合各家說法，任何讀者皆能選擇適合自己的動詞
變化方式。

*4* 附「初中級必備動詞變化整理表」，網羅日語檢定
三、四級所有動詞單字，方便查詢背誦。

独学 日本語系列

學日語五十音，
從學習寫正確的假名開始～

新基準
日語五十音 習字 帖

不只基礎五十音，
還教你正確的假名觀念——
全書包含：
**清音、撥音、濁音、半濁音、**
**拗音、長音、促音**
的字形講解與定義說明，
除了是習字帖，
也可以當五十音教材哦！

新基準
日語五十音 習字 帖

目次